秋叶集

王代晨◎著

YUANFANG 远方出版社

图书在版编目(CIP)数据

秋叶集 / 王岱晨著 . -- 呼和浩特 : 远方出版社 , 2019.4

ISBN 978-7-5555-1296-7

Ⅰ . ①秋… Ⅱ . ①王… Ⅲ . ①诗词－作品集－中国－当代 Ⅳ . ① I227

中国版本图书馆 CIP 数据核字 (2019) 第 054547 号

秋叶集

QIUYE JI

作　　者	王岱晨
责任编辑	王　叶
责任校对	王　叶
封面设计	王果桃
版式设计	王改英
出版发行	远方出版社
社　　址	呼和浩特市乌兰察布东路666号　邮编010010
电　　话	（0471）2236473总编室　2236460发行部
经　　销	新华书店
印　　刷	内蒙古爱信达教育印务有限责任公司
开　　本	170mm×240mm　1/16
字　　数	220千
印　　张	16.5
版　　次	2019年4月第1版
印　　次	2019年4月第1次印刷
标准书号	ISBN 978-7-5555-1296-7
定　　价	48.80元

秋叶落地满目金

◎尚静波

读岱晨先生的《秋叶集》，在潜潜涌动的先睹快意中，总会有一些被诗意浸润过的思绪生了出来。随着用 A4 纸打印出来的书稿所散发的淡淡的墨香飘散开去，拢一拢它们，用文字记录下来，便有了这篇称作序的文字。思忖了一下，手随心动地写下了一个题目：秋叶落地满目金，觉得它把我读岱晨先生书稿的感受概括地表达了出来。

岱晨先生姓王，字泰红，笔名山阳，号莫力翁，这着实是很透着文儒之气的。了解他的人生经历也知道他有读诗、写诗这一嗜好的人们，不难理解他起这些名号的缘由和想法，并能从中体味到浓浓的诗的味道——这其实是一个诗人的自画像。

岱晨先生的《秋叶集》中有《七律 · 自题〈秋叶集〉》一诗，确实将一个在时光的晨霜暮露中采撷和拣拾诗词之秋叶、经年累月寄情诗行，年至花甲仍醉心于觅词索句的诗人形象逼真地描述出来了。如果说《秋叶集》是一个诗的花园，那么，岱晨先生的这首《七律 · 自题〈秋叶集〉》将会使我们了解这些诗歌之花为什么艳丽和芬芳。

我一向认同《秋叶集》里“诗歌是文学中的文学”这一说法，对诗写得很好甚或能出版诗集的人充满敬意，并相信这是需要天赋才情的。岱晨先生即如此。我知道岱晨先生的出生地是赤峰市林西县，这个1945年就获得解放的晋察冀热辽老革命根据地，是一个文化积淀很深厚的地方。地灵则才俊必多，岱晨先生在年方十八岁时便进中学当了语文教师，这自然是和他自己酷爱读书从而学识丰富有关，但少而成师终归算不得寻常。我这段文字其实意在言外，想说的是弱冠进学堂登上讲台的岱晨先生，也正是由此时开始萌动了创作诗歌的欲望，他似乎已记不起当初他写在教案本上的那些诗句，但那最初创作的艰辛和快感却仍能回味起来，并且仍能点燃他创作的热情。

就诗歌创作而言，岱晨先生从早年练笔到今之得心应手，早已有大量诗词见诸报刊，且颇获好评。今岱晨先生将其中一些结集出版，为内蒙古诗坛再添亮色，更让读者有了捧读之悦。岱晨先生的《秋叶集》分为三部分，即“紫花槐诗”（166首）、“雪夜吟词”（120首）、“垦荒者歌”（34首），总计320首。这虽是他全部诗作中的一部分，但管中窥豹，见一斑却可知全貌。岱晨先生之诗情诗才是着实洋溢在这《秋叶集》之中的。

览读岱晨先生的《秋叶集》，无论《紫花槐诗》中的律诗、绝句，还是《雪夜吟词》中的格律词，或是《垦荒者新诗集》中的新体诗，给人的第一感觉就是真情流露，有感而发。诗贵有情，更贵情真，诗歌需出自内心，才能走进内心。纵观岱晨先生的《秋叶集》中所收录的320首诗词，写作时间跨度久远，诗风之变当更自然。我们在这里虽不因此而探究他数十年里诗歌创作风格有怎样的变化，但这创作时间跨度之久远，必然会让我们想到岱晨先生在诗歌创作上的坚持。从那一首首诗歌中，我们看到了先生正是一位诗歌的守望者，守望着属于他的那方诗空，也守望着自己对诗歌的那份初心。

岱晨先生的《秋叶集》里的诗词从内容上看题材十分丰富，人生、家庭、社会、政治、经济等大事小情均有涉及。既言情于山水，也感悟于人生，既有赏景咏物之雅兴，也有指点江山之豪情，由此种种，诚如先生自己所言："是把这本《秋叶集》当作历史窗口上的一个针孔，让人透过这个针孔，以小见大，窥见社会发展的一斑。"我很惭愧我不能以真正诗歌评论者的水平对岱晨先生的《秋叶集》之艺术特色做出点评，但我又自信于自己对诗词的鉴赏能力。作为一个诗歌爱好者，我读诗也已有几十个年头，文学圈内的朋友中也多有诗人，其中不乏中国诗坛的名人大家。但岱晨先生诗歌创作中所表现出来的用词妥帖、通俗易懂的艺术特点仍让我由衷点赞。

我深知，古诗词的写作并不是人人都可以为之的，如格律、声韵是很有些讲究的，从《秋叶集》中我们不难看出岱晨先生对格律、声韵的遵循和运用，他一方面从古典诗词中汲取养分，一方面又从民间语言中提精炼粹，两者相辅相成，便形成了他自己朗朗上口、平实易懂、毫不造作的言语风格。

我得说，岱晨先生十八岁步人杏坛，执教至今已是五十余载，他深知教书育人乃国家和民族之头等大事，因而在其执教生涯中，一直恪守师德，认真严谨地备课，认真严谨地讲学，认真严谨地辅导，认真严谨地评判作业，从而成就了他认真严谨的教学态度乃至人生态度和价值理念。这种态度和价值观念，自然而然地融入他一直坚持的业余诗歌创作中，使他能在诗歌创作时，在遣词运句上也形成了追求准确、不吝推敲的习惯，也正是这习惯，让我们总能从他的诗作中获得一字一词一句那种精美传神中的诗意大美。

我知道，岱晨先生的《秋叶集》之编修历时甚久，且在过程中两度遗失书稿，但岱晨先生凭记忆将书稿中各篇诗作一首首寻回，几近重写，足见这本《秋叶集》面世之艰辛。这过程在岱晨先生书之后记中是有叙述的。我只想说，到《秋叶集》出版后捧在我们手中时，我们该是会从那字里行间看到岱晨先生数十年里挑灯伏案、寒暑耕耘的执着与辛苦的。而正是他的这种执着和辛苦，才让诗坛又绽放出一枝芬芳摇曳的诗花。

今岱晨先生的《秋叶集》就要付梓了，这是岱晨先生的第一本诗集，但我想这不会是他最后一本诗集。岱晨先生诗情依然旺盛，且笔力更健，我期待他的第二本、第三本以至更多的作品面世。

2018 年 9 月于青城

目录 Contents

紫花槐诗

雪夜吟词

垦荒者歌

华廊柱对联

紫花槐诗

七绝·紫花槐

亭亭玉立路边槐，
五月端阳紫穗开。
粉萼飘香迎远客，
天生地造栋梁材。

赠殿玉七律二首

一九七八年十二月二十日，吾在锅撑子山分校教学，李殿玉电话告吾他考上了昭农专业学校。想巴吉沟百日之交，夜读之情，别时之谊，今日之喜，吟得七律二首留念。

七律·初交（平水韵）

仲夏巴吉邂逅伊，方知殿玉苦学奇。
读文夜半悬梁奋，练理晨曦刺股疲。
备考求师蹚北漠，卧薪秉烛克难疑。
功夫不负程门士，立雪寒天勿笑痴。

七律·送别（平水韵）

告别瀚漠进学堂，直挂云帆欲远扬。
趁好年华应努力，将担大任要自强。
顺风勿忘莘莘苦，富贵勤思碌碌忙。
刮目期尔成伟业，人生苦累自得偿。

五绝·题保温杯图（新韵）

红莲映绿荷，野鹜戏清波。
泽浩礁岩小，天高万象罗。

五律·晚风霜（平水韵）

立夏交人日，风狂骇世惊。
飞沙迷目视，举袖掩颜行。
早绿胡杨叶，晚霜树挂晶。
苍天杀万物，百姓奈何生？

十自诗

作于一九八〇年至二〇一一年间

古风·自省

也曾反躬省己过，亦尝正言劝人宁。
怎奈临机血性烈，无端罹事气不平。
偶因短见误长计，屡使有成致无成。
要得处世真诀妙，还须扪心陶性情。

七律·自励（新韵）

枯木复荣甘露润，新杨泛绿气氤氲。
应时草木苍天顾，背运淮阴月下逡。
困境常思济沧海，穷途不坠气凌云。
卧薪每励清贫志，且涌心潮润苦辛。

古风·自怜（平水韵）

枉为男儿徒立志，自怜命蹇时运倾。
宏图伟志难圆梦，青春锦绣不了情。
何年觅得人生路，啥时抛却世俗名。
不图有功但无过，历尽坎坷意难平。

七律·自信（平水韵）

坦荡须眉担纪纲，何须悒悒转柔肠？
吕蒙发愤真知见，周处修德美誉扬。
日慕飞熊栖渭水，夜思诸葛卧南阳。
须求立世人生谛，面壁辛劳亦有偿。

七律·自珍（新韵）

少壮心高谋大业，争先好胜未怜身。
勤学夜半冰搓面，苦练三更冷掩襟。
治教呕心学吐哺，育人尽瘁效卧榛。
堪怜罹患亡羊补，卧病方知欲自珍。

七律·自思（平水韵）

进城受阻心忧愤，握瑾怀瑜困草庐。
欲洗城乡庸政辱，怒呈《新谏逐客书》。
千思怎使天心转，百谏难得竟踌躇。
生不逢时徒扼腕，韬心养晦待长徐。

七律·自修（平水韵）

半生哪有闲暇日，窘困艰难卧病居。
马渴思饮九江水，人穷愤读百家书。
移花种菜韬心志，逗鸟观蜂扫户除。
自造胡琴拉戏曲，养心益智病情纾。

七律·自难（平水韵）

两千岁末罹心病，血压升高药伴床。
苦难危艰心绞痛，求医无路意彷徨。
神州不幸遭非典，病体犹加雪上霜。
水复山重疑末路，花明柳暗遇医方。

七律·自重（平水韵）

三七草药祛心患，一代神医去病殃。
重获新生知自重，再求恢复觅安康。
手牵老伴学新舞，自造京胡奏二黄。
千日灾消福代祸，青城创业又辉煌。

七律·自强（平水韵）

塞翁失马焉非福，卧病三年梦健康。
忍痛吟诗思象外，安贫炼句著文章。
偶迁呼市重执教，逆转人生赖自强。
二创青城庠序业，夕阳晚照蕴昂藏。

古风·送学生

一九八〇年六月，于十二吐中学送别毕业生，有感而作。

雨落荒滩方物润，雏鸿练翅赛飞星。
新槐竞献兴乡策，老梓犹怜未老翎。

古风·狂飙

一九八一年四月廿四日，忽起狂飙，见人执断枝追落帽，有感而作。

无端风姨撒泼痴，扬尘揭瓦断小枝。
堪笑路人追落帽，渴盼微风拂柳丝。

风霜赋

辛酉年四月七日，时值立夏后四日，忽袭来昼风夜冻，早生禾苗草木尽杀，败叶遍地，实在可怜。四月八日风霜愈烈。吟得《风霜赋》一首云：

无端风姨，初夏施威猛。遮日月，蔽苍穹，欲将山川尽吹平。初起时，扬尘揭瓦断小枝，到后来，摇天撼地催台亭。但见它钻窗侵户，只听得海啸山鸣。钻窗侵户，刮碎玻璃冰满地；海啸山鸣，掀翻巨石拔乔松。扶摇过岭拉骆驼，羊角贯日蔽太空。乌鹊归巢巢吹散，牛马入厩哞吗鸣。断树残枝横沟壑，附耳传言须高声。可怜见，初生禾麦风干叶；谁闻说，夏生嫩叶冻成冰。如此造下千般孽，当将飞廉[1]剐天庭！

[1] 飞廉，亦称蜚廉，风神。

七律·秀琴承德学艺（新韵）

为谋生路学裁剪，别子离夫赴热河。
银剪精裁新命运，金针锦绣好生活。
提高技艺宁吃苦，憧憬未来愿奔波。
练就绢花针凿术，巧缝靓女美绫罗。

七律·李子服装（平水韵）

当年李子服装厂，技压三乡美誉扬。
新料新装新式样，巧心巧手巧裁坊。
缝车八部飞轮转，纫匠十人日夜忙。
妇女满街印花袄，男人半袖灰猎装。

七律·忙（平水韵）

腊月家家定制裳，忙煞李子缝纫坊。
日收来料三十套，夜剪新衣五鼓忙。
巧手新裁翻布浪，精心缝纫舞霓裳。
锁钉熨烫交来客，照镜忸怩笑试装。

古风·一厢情（平水韵）

一九九三年为岳公文而作

蓓蕾经霜久不开，蜜蜂难入蕊心来。
秋思无结虚易度，春心欲动实难猜。
热心才郎情如水，冷面观音意胜台。
欲想人间天仙配，须仗田丽红娘才。

咏物诗六首

七古·家乡山茶（新韵）

端午撷芩带露蒸，中秋品尝正香浓。
山茶酽泡山泉水，乡土风味乡土情。

古风·黄花菜（平水韵）

一九九八年五月二十八日即席偶成

金针[1]翡翠绿，黄花[2]赤金黄。
野菜高粱酒，零酌满嘴香。

[1] 金针：未绽之蕾，翠绿色。
[2] 黄花：已开之花，金黄色。

七律·金菊(平水韵)

一九九〇年九月十五日，我家盆栽金菊傲雪盛开。九花怒放，香气醉人，独具神采。赏菊有感，草成七律一首，但尾韵九改不佳，如蕾、瑰、灰、苔、胎、材、菲等。二〇〇五年，我在呼市鸿德学校任教，偶观菊花，联想《孔雀东南飞》，灵感忽至，遂得，“葳蕤”二字做韵尾。可二〇一八年定稿时，又觉“葳”字应仄不仄，拗而无救，无奈搜索枯肠，得“瑰丽”二字，因格倒装而用，于是忍痛割爱去“葳蕤”，为合格律用“丽瑰”，可谓二十八年炼一韵，终至韵归“平水”矣。

铁梗虬枝不用栽，铜根瘦骨任人栽。
含羞玉叶三分怯，带笑金花九月开。
寒冷方知姿色美，冰霜愈觉暗香来。
百花斗艳独缄默，万木凋零自丽瑰。

七律·落日双虹（平水韵）

一九九四年中考首日，连宵雨霁。下午七点四十分，晚霞落日相映于西北，双拱彩虹飞跨于东南。吾与监考诸君停宴观赏，众生亦跳跃指点，啧啧称赞。百年罕景，实乃幸遇，乘兴即席吟得七律一首云：

伏前宿雨天初霁，倒映霞辉对彩虹。
四脚如出九龙殿，两弧可拱广寒宫。
山川笼罩穹庐里，大地包融彩卷中。
倘使仙桥能永驻，杖藜访月游太空。

五律·感春（新韵）

一九九三年一月六日晨作于通辽内蒙古师范学院

树晕知冬尽，草羞觉绿微。
残冰尘下解，暖气鬓旁吹。
细捣池中粪，精修坝上圩。
雪绵浑不冷，想是燕将归。

古风·元宵寄怀（新韵）

癸酉正月，六赴通辽民族师院函授中文，屈指算来，已于此两度元宵节。隔窗凝望，月明星稀。薄雪如银，树影依依。烟花彩炮，缤纷络绎。火树银花，夜以继日。千家万户，共庆佳节。亲人团聚，其乐融融。共享天伦饮美酒，笑谈晚会乐升平。却看我辈，莘莘学子，客寓他乡，心怀故里，望月寄情，得古风一首云：

天高月亮斗星孑，地阔灯明树影斜。
彩炮烟花空夜闹，高跷社鼓喇叭咽。
三年函授学风劲，两度元宵焰火节。
学子莘莘辛为乐，三绝册韦苦无歇。

感怀诗（六首）

五古·觉悟（平水韵）

一九八一年三月二十三日作二赤峰市林西县

人言三十立，而吾尚迟迟。
届时不奋起，意欲待何时。

（以下五首于一九九四年九月三十日作于赤峰市林西县十二吐中学）

古风·惜别（平水韵）

我要从赤峰市林西县十二吐中学借调到林西二中教高中语文，便于告别宴会上即席赋诗留念。

家乡从教廿五年，植桃育李心自娴。
谁道一朝调离去，辗转反侧夜难眠。
不虑田园无人种，只惜须鬓欲驳斑。
今日共饮离别酒，何日与君再欢颜？

五律·恋故园（平水韵）

人生常聚散，此事古难全。
乡住思桑梓，城居恋故园。
移来南垅豆，种在北房前。
不计收成否，只求心坦然。

古风·孤独（平水韵）

四十五年国庆夜，独寓西厢枉凝眸。
人人举杯庆华诞，户户欢歌乐中秋。
唯我向隅自怜甚，夜伴青灯影为俦。
哪如竟日不夜临，愿痛双足讲东周。

古风·抒怀（新韵）

童年愚顽甚，少时性颟顸。
三十尚未立，四十智渐全。
只惜天过午，奋发何姗姗？
吕蒙读书慧，周处修德贤。
倘无渭水遇，子牙怎出山？
足令世人思，为人易也难。

古风·国庆（新韵）

改革开放家国富，犹忆四十五年前。
天安门上雷霆响，神州大地云水翻。
东方巨人春睡醒，炎黄子孙尽开颜。
九鼎安定中原日，八州开辟新纪元。

咏物诗八首

五律·地环（新韵）

一九九四年四月十三日作于林西县教研室

塞北生奇物，俗名叫地环。
紫株柔弱细，绿叶嫩娇纤。
茎果欺白玉，节根赛藕莲。
宿生不怕冷，丽质味甘甜。

五律·洋姜（平水韵）

说姜不是姜，根壮干枝长。
嫩块如白薯，老茎现紫章。
黄花迎晚冻，绿叶傲冰霜。
腌渍成咸菜，零斟佐酒香。

五律·夜雨（平水韵）

一九九五年五月十七日作于赤峰林西

入夜雨蒙蒙，青蛙竞夜鸣。
田园铅重暗，烛火曳摇倾。
豆角伸须蔓，葱椒耀眼睛。
春苗得雨露，万众喜盈盈。

古风·抢播（平水韵）

夏雨解旱象，扶犁上山冈。
明知播麦迟，宁获七成粮。
糜黍稍觉晚，油葵也勉强。
庄稼年年种，丰歉不撂荒。

古风·咏韭（平水韵）

经寒根不死，屡割茬更良。
虾蛋三鲜馅，春秋两头香。
韭菜韭花酱，水饺馄饨汤。
哪得香如许，开胃又穿肠。

古风·品词牌（新韵）

一九九八年六月九日作于赤峰林西

进门满庭芳，开轩沁园春。
把酒酹江月，吟诗忆王孙。
闲赏蝶恋花，漫听水龙吟。
式填调笑令，细评点绛唇。

五言排律·择居（新韵）

一九九七年十月作于赤峰林西

择居园圃内，少有噪声喧。
渠水阶前过，绿畦门外观。
风飘馨雅室，露落润膏田。
静赏蜂蝶戏，闲听果菜谈。
春阳光灿烂，夏日色斑斓。
秋夜金风缓，冬天朔气鲜。
临轩观五彩，倚户话丰年。
把酒神仙境，举杯世外园。
忽闻铃骤响，学子课街前。

古风·公积板葡萄（新韵）

一九九六年十月十四日，内蒙古自治区教育学院，第七期校长培训班一行二十人，乘大客车去包头考察。途经东河区公积板村，沿途有大片葡萄园，路边摆满葡萄摊，众人停车购买，物美价廉，酸甜可口，人人称赞，诗兴忽来，吟得乐府诗一首：

包头公积板，连架葡萄多。
马奶胜脂玉，巨峰赛琥珀。
果粒珠玑润，汁肉荔枝泽。
酸甜梅蔗逊，圆润液浆奢。
陈酿葡萄酒，远销莫斯科。
晾晒干果脯，精装礼品盒。
品味游人醉，馨香旅客啧。
中秋供赏月，春节佐酒歌。
尝鲜开脾胃，吐皮练唇舌。
取赴蟠桃会，神仙也乐呵。

颂贺诗十一首

七律·祝贺内蒙古诗词学会成立（新韵）

一九九九年八月二十日作于赤峰市林西县

欣闻内蒙成学会，墨客骚人有所归。
大漠孤烟唯诵和，银蛇蜡象尽宏恢。
青天白鹭千秋雪，红日苍鹰一顶帷。
巧把灵犀通物化，草原晨曲绕梁回。

七绝·寄内蒙古诗词学会（平水韵）

一九九九年八月二十日作于赤峰市林西县

塞外诗词觅大家，偶吟佳句向谁夸。
他年若得闲暇日，共赴青城品绿茶。

七律·赞兴安水泥（平水韵）

一九九九年作于赤峰林西

硅岩万块下高山，粉碎成尘烈焰旋。
锻炼超标强硬号，研究跨纪特新全。
能修巨阁安广厦，可筑长堤保汛然。
企改兴安成大业，风骚愿领若干年。

七律·赠乌丹三中（平水韵）

一九九九年十月二十五日作于赤峰乌丹

十月深秋位紫城，三中设擂选精英。
四优学校亭亭树，五美师生烈烈情。
管理达标班子帅，改革中的思路明。
成绩显著蒸蒸上，干劲十足赖后生。

七律·赤峰市第四届文科教学能手大赛（平水韵）

一九九九年十月二十四日作于赤峰乌丹三中

庠序精英聚紫城，区旗县校选神聪。
八仙尽献囊中宝，百子争鸣正教风。
语政教学文载道，生英讲授跨时空。
高瞻远瞩迎新纪，博大精深教化功。

五言排律·晋高职（平水韵）

二〇〇〇年三月二十日，阳春三月，申报中语高级教师，心潮澎湃，思绪万千，诗兴忽来，不吐不快。略步清朝举人赵玉丰试帖诗韵，吟成五言排律一首云：

执教三十载，甘辛味不同。
诗书希满架，富贵任虚空。
桃李成蹊径，文章略晓通。
白头吟晚照，华发启童蒙。
暮霭云遮月，霓霞气贯虹。
能如高教愿，当尽导师衷。
脚踏登天梯，手拉跨纪篷。
结缘宏伟业，俯仰序庠宫。
身许阳光事，胸怀桃李丰。
举足新世纪，再献教化功。

五律·赞首届全国青年京剧演员电视大赛（新韵）

二〇〇五年五月四日作于赤峰林西

梨苑宫商绕，
园坛律吕张。
新星光耀日，
秀蕾气馨香。
弘愿兴国粹，
扬眉振家邦。
国强百业盛，
粹艺万年昌。

五律·贺李金玺教授鸿德诗书画展（新韵）

二〇一六年十二月九月作于呼市[1]

精选诗书画，鸿德展艺风。
金石行草篆，山水草花莺。
五世天伦爱，一生谊友情。
退休没退艺，余热育精英。

七律·贺李金玺教授诗书画展（新韵）

二〇一三年七月四日作于呼市

诗通灵性词精妙，画贵出新善写真。
翰墨磅礴五碑帖，兰亭隽秀右军神。
六〇再展诗书画，五世兼当儿祖孙。
名就知恩内师大，功成图报九族亲。

[1] 呼市，即呼和浩特市的简称，下文同。

七律·贺田阿姨八十诞辰钻石婚姻（平水韵）

二〇一二年六月二十日作于呼市

旗袍奶奶京城进，鹤发童颜曲绕梁。
央视大厅过把瘾，人生履历谱新章。
精神矍铄学京剧，潇洒拉琴奏二黄。
宝钻婚姻松柏寿，儿孙孝顺乐安康。

五律·宣誓（平水韵）

于二〇〇〇年五月二十日题赠吴艳军同志共勉

千年仲夏日，百业振兴年。
老树添芃叶，汪洋聚泫涓。
握拳旗下立，举首誓言宣。
志许阳光业，争当好党员。

京城诗八首

七律·初到丰台(新韵)

一九九九年十一月十八日，赴北京教育学院丰台分院挂职学习，受到院领导热情接待，有感而作。

林西远客刚出站，早见丰台有候迎。
友好热情韩院长，细心周到赵华兄。
红绒彩毯精棉被，席梦新床保暖瓶。
塞外冰霜春化水，温馨慰藉取真经。

七律·挂职首日(新韵)

一九九九年十一月十八日作于北京丰台教育学院

挂职取经赴首都，丰台分院论教研。
暮行朝至驰千里，到任当班免早餐。
巧遇北京中语会，聆听高论大家谈。
创新意识需培养，独立思维要领先。

五律·京城吟留别（平水韵）

一九九九年十二月二日，一同来京挂职的伙伴中，十人返程，十人留京，作五律吟留别。

离家足半月，伙伴暮离京。
来日同欢畅，别时两样情。
归人生快乐，留客现愁萦。
屈指常掐算，焦心待夜明。

七律·友谊（平水韵）

一九九九年十二月十一日晨作于丰台教育分院

巴林贡地古饶州，小县边贫潢水头。
教育优先兴伟业，科研赞助赖鸿谋。
丰林兄弟手拉手，京蒙友情楼上楼。
喜获真经施教化，青山不老水长流。

五律·十三陵水库（平水韵）

一九九九年十二月十六日中午作于北京

巨坝横川锁，长虹映太空。
高湖镶玉璧，平镜照玲珑。
旱涝安京邑，旅游富辅东。
思源别忘本，筑坝有毛公。

五律·明十三陵（新韵）

一九九九年十二月十六日，参观北京明朝十三陵及水库，有感而作顶针诗一首。

群山环绿水，水库抱彤亭。
亭下连通路，路边有寝陵。
陵前龟玉座，座上墓碑铭。
铭记十三帝，帝安宝顶茔。

七律·觅卢沟（新韵）

一九九九年十二月十五日上午，北京教育学院丰台分院的韩友富院长派赵华主任陪同我，乘院车专程去卢沟桥参观并瞻仰宛平城抗日纪念馆，了我十五年心愿，诗以记之。

十五年前寻战地，二十纪末梦成真。
宛平弹洞卢沟月，血肉长城华夏人。
先烈英名镌玉卷，民族浩气贯乾坤。
团结抗战驱倭虏，东亚醒狮铁血魂。

五律·思归（新韵）

日久思归甚，乡情怎解脱？
消闲无电视，解闷看小说。
夜里熟酣少，枕边落发多。
真经得到未，阅历日见卓。

记游诗六首

五言排律·觅春候（新韵）

二〇〇〇年五月二日，由林西至承德，沿途物候次递变化，千姿百态，引人入胜，诗以记之。

塞外春来缓，天呈物候观。
林西杨穗缀，百岔柳芽钻。
潢水新松绿，红山幼柏鲜。
赤峰梨蓓蕾，当铺麦连毡。
楼子杏儿小，宁城榆叶纤。
平泉花赛雪，热北絮如棉。
袅袅馒头柳，亭亭铁冠杉。
千程观百景，处处好河山。

五律·初夏游（新韵）

二〇〇〇年五月二日作于林西至承德的汽车上

初夏天晴朗，清晨树绽芽。
“两基”劳累后，五月偶闲暇。
结伴游名胜，开心品绿茶。
车行千里路，笑语伴杨花。

七律·承德夏游归（平水韵）

二〇〇〇年五月四日作于承德

游罢山庄乘兴归，离宫苑囿恋骚人。
遮天柳絮拂人面，避暑丁香醉客馨。
怪塔奇峰自然景，金山热水帝王宸。
康乾盛世皇家业，福佑魏燕百代民。

七律·承德双塔山（一）（新韵）

丹霞地貌奇天下，亘古之谜两塔山。
海底积沙崛磬柱，人间沧海变桑田。
凌风古苑三仙观，飞瀑泉声二将岩。
避暑山庄第一景，归真返璞尽天然。

七律·承德双塔山（二）（新韵）

奇奇怪怪突兀景，万古之谜双塔山。
暮日古茔藏奥秘，朝阳辽塔祭神仙。
高宗不识峰头宝，圣祖留诗壁上观。
兼具北雄南秀美，康乾庆道也流连。

七律·辽中京（平水韵）

二〇〇〇年五月五日晨作于赤峰宁城热水

辽代兴国建五京，大明宝塔矗青空。
剽疾耶律骑飞马，威武契丹扯硬弓。
玉帝赠财金山富，嫦娥沐浴热水蒙。
宁城老窖名天下，百载帝都遗满风。

五律·采药（新韵）

暑假筹学费，翻山采赤芍。
身背花柳篓，手握镐头锹。
越岭三十里，蹚河八九条。
攀岩寻草药，侣鹿友獐狍。

悼念诗六首

五律·悼父亲（平水韵）

二〇〇二年三月二十八日午时，父亲因病医治无效，不幸逝世。次日安葬于故里林西县十二吐乡莫力沟村草帽山南坡祖茔。哀痛之情无以寄托，故诗以悼之。

父亲乘鹤去，百病再无侵。
五女悲哀痛，四男啼泣喑。
亲朋齐悼唁，邻里多热忱。
先父若知晓，当安寂寞心。

七古·流星（新韵）

二〇〇四年十一月十日作于呼和浩特市

葬母圆坟见流星，铭心刻骨半生疼。
痛失人间第一爱，难再闻娘唤乳名。

七绝·心祭（平水韵）

先慈遽逝脑心伤，病卧三年药伴床。
愈后千思难反哺，吟诗心祭百回肠。

五古·悼海林（新韵）

林西好邻居柴海林于二〇一二年二月一日（正月初十）不幸病逝，诗以悼之。

正月闻噩耗，痛惜柴海林！
去冬来呼市，今岁成故人。
子女伤慈父，孀妻悲泪淋。
人生何苦短，骤逝好乡邻。

七律·送长霞（平水韵）

二〇〇四年四月十六日，河南省登封市警察局长任长霞不幸殉职。她生前从严治警，立警为民，惩恶扬善，誉满登封。父老乡亲，惊闻噩耗，痛哭失声，在八里长街与长霞挥泪送别。人民千呼万唤，场面悲壮感人。吾观看电视报道后，为之感动，遂得七律一首云：

八里长街挥泪雨，人民廿万送长霞。
惊天动地英雄泣，气壮山河烈士涯。
俯首能为民做主，横眉敢向虎拔牙。
琴心剑胆青天任，智勇公安一警花。

四言诗·川东祭

二〇〇八年十一月二十六日作于呼市

去年今日，大地悲鸣。哀哉痛哉，逝我川东！
不辞而别，驾鹤西行。逝者已矣，生者哀痛。
忠哉川东，厚德善行，光明磊落，百巧百能。
孝哉川东，世传美名。伯仲叔季，模范长兄。
节哉川东，甘守清贫。玉壶冰心，节烈终生。
义哉川东，国粹精英。操琴皮黄，玉震金声。
惜哉川东，英年早逝。天亦哀伤，细雨纷纷。
痛哉川东，名垂青城。梨园乐趣，谁来继承？
植物园里，再响琴声。继兄遗志，有三弟兄。
张兄琴谱，操兄胡琴。弘扬国粹，诉我心情。
票友戏迷，丑旦净生。适值周年，祭奠川东。
京腔京韵，响遏行云。以此慰藉，在天之灵。
亲朋好友，姐妹弟兄。忆君美德，思君善行。
悲泪高歌，哀婉动情。声震九霄，回绕天庭。
川东仁兄，在天有灵。伏惟尚飨，国粹心声。

七律·人间悲剧（新韵）

二〇〇三年三月二十五日作于林西县

美英侵犯伊拉克，滥炸狂轰血染沙。
“武器核查”欺世谎，外交努力镜中花。
飞机导弹遮天日，军舰战车蔽海峡。
鲜血石油孰贵重？冤冤相报祸无涯。

七律·霸权（平水韵）

违法侵伊称斩首，疯狂“震慑”惹硝烟。
欺心“畏惧”施讹诈，凌弱恃强坐罪愆。
英美联军该重谴，海湾百姓受熬煎。
“和平”“人道”今何在，试问谁能抑霸权？

五律·客居吟（平水韵）

二〇〇四年十二月二十四日作于呼市

暮春别赤峰，客住在青城。
华苑租楼室，曙光聘景宏。
眸中无故友，耳畔尽新声。
子女双休日，笑说异域情。

五律·圣诞雪（平水韵）

二〇〇四年十二月二十四日作于呼市

圣诞雪茫茫，青城淡素妆。
冰花白世界，玉屑粉楼房。
万树梨花绽，千山蜡象光。
宁馨多圣洁，百乐兆安祥。

古风·出岫(平水韵)

二〇〇五年四月二十九日作于呼市

虽云天命人未老，胸怀锦绣望新标。
轻携赤峰十年秀，试教青城一代骄。
若得昂藏重出岫，敢叫风月再度描。
老骥嘶鸣非怀旧，欲登新台试宝雕。

五古·中秋祭（新韵）

二〇〇五年九月十八日作于呼市

农历八一五，公历九一八。
中秋逢国耻，节日风景煞。
月饼祭先烈，水果奠豪侠。
七十四年后，犹唱《我的家》。

感怀诗六首

古风・冬至呼和（新韵）

二〇〇五年十二月二十二日作于呼市

街衢霾霭尽，朝日栉比出。
树挂银妆俏，草披霜雪枯。
白天日照短，黑夜月光足。
人静黄昏后，更深诵古书。

七律・客青城（平水韵）

二〇〇六年四月二十九日作于呼市

前岁来呼柳绽花，离乡背井客新家。
郊游偶见曙光校，应聘重温教学涯。
“高四”初三双蓓蕾，大专中职两奇葩。
披星戴月心康健，老树新枝育嫩芽。

五律·人生（新韵）

二〇〇六年四月三十日作于呼市

人生真坎坷，好事必多磨。
国乱出英烈，家贫显孝哲。
精忠岳武穆，至孝夷考伯。
节义乾坤气，冲霄贯太阿。

七古·“五一”吟（新韵）

二〇〇六年五月一日作于呼市鸿德

今年五一不回家，自在鸿德赏桃花。
三看青城染柳绿，二猜赤峰吐杨芽。
人生似梦更复始，日月如梭减又加。
皓首常温童稚梦，骑竹跨涧过悬崖。

七律·教学吟（平水韵）

二〇〇六年七月十二日作于呼市

骏马槽头嘶战场，鲲鹏池里啸苍穹。
龙泉鞘内铮铮响，晚日云中束束红。
苦练经纶当济世，博积厚淀必成功。
年逾半百方得志，再育英才诲智童。

古风·青城教书（新韵）

二〇〇七年十月作于呼市曙光学校

猴年马月赴绥远，未料人走家也搬。
客居青城为儿女，重登讲坛亦偶然。
初试曙光水深浅，再进鸿德自扬帆。
莘莘学子题名日，泪花笑脸映苍颜。

注：2004 年是猴年，4 月是马月。

古风·有感《希文遭诋》（八首）

二〇〇六年十一月二十一日作于呼市

一

希文遭诋毁，小人鼓唇舌。
忠良罹灾祸，奸佞多快活。
愚氓受蒙蔽，贤明扼腕搓。
忠奸如不辨，殃民又祸国。

二

古今皆一理，黑白颠倒多。
沐恩将仇报，亏理又缺德。
劝君耳目聪，莫听道途说。
做人要警醒，轻易莫哓舌。

三

曾有欺心人，居心多叵测。
嫉贤又妒能，专会造隔阂。
哀哉受骗者，昏昏竟助恶。
欺师还灭道，扬扬竟自得。

四

天理自昭彰，人心知善恶。
以德来报怨，被屈救涸辙。
以怨报恩德，良心受谴责。
妍媸终有判，日久知善恶。

五

规劝世人知，行善莫助恶。
是非须分辨，毁誉要斟酌。
不被人蛊惑，莫受人挑拨。
为人要正直，刚正当不阿。

六

再劝老实人，诚实莫太过。
太过受人欺，好心反得祸。
奸邪与小人，轻易惹不得。
不义必自毙，何须你和我？

七

日月自光辉，山峦自巍峨。
沟渠自幽蔽，茅厕自龌龊。
小人长戚戚，君子长落落。
忧天下之忧，乐天下之乐。

八

清心又寡欲，参省行无过。
晨昏授学业，日月传道德。
年已过半百，天命再无奢。
且吐胸中气，化作彩云朵。

多难兴邦

二〇〇八年五月十八日作于呼市曙光学校

二〇〇八年，中国多灾难。
南方大冰雪，封路又断电。
达赖搞分裂，西藏有动乱。
山东撞火车，铁路不安全。
汶川大地震，山崩地又陷。
两川成瓦砾，十万人遇难。
总理冒风险，飞临第一线。
含泪抚灾民，指挥真果断。
情急发狠语，激励指战员。
“人民养活你，你们看着办！”
一语惊天地，一身先垂范。
总理爱人民，心如滚油煎。
八十八小时，不歇也不眠。
抗震总指挥，世界刮目看。

党中央主席，亲临都江堰。
十万子弟兵，火速来增援。
不惧飞石险，不怕路阻断。
拼命救难民，冒死过险关。
难民在呻吟，大地在震颤。
无吃又无住，断水又断电。
频遭连阴雨，余震不间断。
头悬堰塞湖，人压瓦砾间。
时间即生命，生死一线悬。
人民共和国，举国大救援。
火车雨中鸣，汽车蜀道盘。
洪水冲锋舟，飞机天上悬。
勇敢突击队，冒雨越高山。
千难浑不怕，万险无阻拦。
人民子弟兵，火速救倒悬。
生命探测器，难民搜救犬。
搜救幸存者，抢救伤病员。
只要有迹象，解救不畏难。

五月十八日，悲情恸地天。
举国悼亡灵，国旗降半杆。
天悲蒙蒙雨，地恸微微颤。
日哀少光辉，月泣缺半边。
悲壮中华魂，集中大体现。
同胞情相结，人民心相连。
一方有灾难，八方来支援。
工农商学兵，百姓公务员。
慷慨赴国难，纷纷解囊捐。
亿万募集款，都是雪中炭。
帐篷遮风雨，医药救伤残。
千万志愿者，奔赴汶北川。
先救眼前急，再助建家园。
抚平心灵创，扬起希望帆。
逝者应安息，生者得安然。
汶川要挺住，咬牙渡难关。
四川要挺住，挥泪过难关。
中国要挺住，携手闯难关。
华夏多难却兴邦，足令世界刮目看。

咏物诗七首

七律·春兴（平水韵）

二〇一〇年十二月十九日作于呼市开来中学

大地回春萌万物，新虹雨霁日光华。
春风惬意抚纤柳，晓露含情吻涩花。
双燕衔泥修旧垒，群鸿列阵向天涯。
村童最爱天晴朗，笑跨竹枝觅笋芽。

七绝·咏风荷（平水韵）

二〇〇九年五月十五日作于呼市

乍露清涟水嫩容，堪怜弱质抗西风。
荷裙曳曳频频舞，掩面含羞蕾绽红。

七绝·读柳（平水韵）

二〇〇九年五月卅日，于呼市开来中学教读贺知章《咏柳》和李商隐《柳》有感而作。

春风何巧裁新叶，折柳奚能系断肠？
巧借丝绦垂恋意，遥通李贺寄离伤。

附：

《咏柳》贺知章

碧玉妆成一树高，万条垂下绿丝绦。不知细叶谁裁出，二月春风似剪刀。

《柳》李商隐

曾逐东风拂舞筵，乐游春苑断肠天。如何肯到清秋日，已带斜阳又带蝉。

七绝·柳絮飞花（平水韵）

二〇〇九年六月七日于呼市

新居端午赏青城，柳絮飞花闹太空。
望子生根唯木愿，追风逐雨任西东。

七绝·黄瓜（平水韵）

二〇〇九年六月九日晨于呼市新家

架上黄瓜碧玉妆，顶花带刺脆鲜香。
突尖布列海参体，解渴尝鲜灌口凉。

七绝·紫花槐(平水韵)

二〇〇九年六月十二日于呼市

亭亭玉立路边槐，五月端阳紫穗开。
粉萼飘香迎远客，天生地造栋梁材。

七律·观赏如意河音乐喷泉(平水韵)

作于二〇〇七年中秋节

八月中秋月正明，喷泉溢彩伴歌声。
音柔稻涌千层浪，声亢松摇万种情。
二柱升腾八百尺，一池动荡万千晶。
人间仙境青城见，巡海龙王也驻旌。

采蘑菇（顶针回环诗）

菇生秋日雨，雨霁采蘑菇。
菇伞圆圈转，转圈圆伞菇。

七律·赞赤峰市第四届“玉龙杯”在呼和浩特同乡联谊活动（新韵）

二〇一一年元月三日作于呼市

玉龙八百聚青城，靓女欢男溢笑声。
妙算神机玩对调，动听委婉唱红峰。
乡音辨友三分近，老酒红颜两地情。
桑梓情深游子会，举杯共庆玉龙腾。

七律·送高三毕业生（新韵）

二〇一一年五月二十八日于呼市开来中学

倏忽子[1]卯[2]春秋短，挥手牛桥[3]热泪涟。
心动[4]寒窗千日月[5]，人生苦累数三年[6]。
悬梁刺股争先进，洒墨挥毫过六关[7]。
喜看题名金榜日，紫帷[8]鹤发[9]映童颜[10]。

---

[1] 子：鼠年入学。

[2] 卯：兔年毕业。

[3] 挥手牛桥：开来中学北侧有牛桥，借以化用《再别康桥》中的诗句。

[4] 心动：源自《劝学》中的“动心忍性”。

[5] 千日月：高中三年在校时间约一千天。

[6] 三年：指高中三年苦读。

[7] 六关：指高考六科。

[8] 紫帷：孔子曾“设紫帷授徒”，这里喻学校。

[9] 鹤发：老师的白发，借代老师。

[10] 童颜：借代学生。

七律·耳顺谈苦（新韵）

二〇一一年元月六日作于呼市

从教弱冠终无悔，耳顺童年梦始圆。
苦累人生甜共苦，艰难岁月苦中甜。
穷通最爱耽佳句，平仄苦吟七五言。
如梦白驹花甲过，愿留风雅在人间。

七律·花甲说梦（新韵）

如梦如诗花甲子，浮游庠序卌三年。
和风化雨催桃李，启智萌心解惑难。
皓首廉颇驰战骥，白头吕望跨征鞍。
夕阳晚照期康健，笑著神雕大气篇。

教学诗十四首

古风·读《荷塘月色》

不静求静夜出游，
求静得静淡淡愁。
独享荷香月色好，
月下荷塘脉脉流。
荷塘月色轻幽梦，
月影如烟斑驳留。
心思《采莲》《西洲曲》，
自到门前猛抬头。

五律·教读《游褒禅山记》（新韵）

介甫探褒禅，随之半路还。
失观瑰丽景，悔恨志非坚。
入洞越深远，行程愈困难。
欲登高险处，人力物三全。

七律·读苏东坡《赤壁赋》（平水韵）

乌台被贬黄州地，夜泛赤鼻两赋词。
浩浩乘风游瀚海，飘飘遗世逝如斯。
山间明月自成色，耳畔清风任取之。
变化盈虚消莫长，从其不变无尽时。

七律·赤壁之战（平水韵）

吴蜀联旌抗北曹，周庞妙策链环烧。
千艘战舰焚灰烬，百万雄兵烂额焦。
黄盖欺瞒烧赤壁，孔明设祭智高超。
借风借箭借荆郡，定鼎三分安二乔。

七律·推敲（平水韵）

二〇〇九年六月二十七日作于呼市

贾岛骑驴苦作诗，神游象外浑不知。
吟哦误闯三节内，引手难择一动词。
归寺孤僧推门掩，挂褡行者敲住持。
千年炼字无穷妙，具对昌黎费远思。

古风·惜韩信（新韵）

二〇〇九年六月十三日作于呼市

曾忍胯下辱，亦择高阜茔。
弹铗择明主，负气亡汉中。
月下追韩信，萧何识英雄。
苦心说高祖，金台握长缨。
十面埋伏计，四壁楚歌声。
垓下刎项羽，不肯过江东。
灭楚兴炎汉，高功震主宁。
鸟尽良弓藏，兔死走狗烹。
适值安定日，倒落反叛名。
成也萧何荐，败也萧何刑。
假令能谦让，不矜盖世功。
激流知勇退，泛舟太湖东。
子嗣当繁盛，勋劳比周公。
惜哉淮阴王，族灭未央宫。
千秋功与罪，皆由后世评。

七言诗·有感《孔雀东南飞》

汉末建安庐江府，爱情悲剧世人哀。
孔雀因何东南飞，为甚五里一徘徊？
替儿嫌妻焦母恶，迫妹改嫁顽兄害。
棒打鸳鸯两离分，恩爱夫妻被拆开。
兰芝哀哀遭休弃，仲卿郁郁受逼迫。
夫嘱不久当归还，妻言感君区区怀。
归家进退无颜仪，入室阿母大悲摧。
最是难堪兄逼嫁，贪图彩礼百万钱。
府吏闻变求假归，妇寻嘶声拍马鞍。
磐石蒲苇坚且韧，君被逼迫妾亦然。
可怜生人作死别，各做不良约黄泉。
烈女举身赴清池，义男自缢南枝悬。
生不同室死同穴，殉情合葬华山南。
左右梧桐叶交通，东西松柏枝覆盖。
松柏枝头鸳鸯鸟，相向悲鸣夜夜哀。
路人驻足为之泣，寡妇骤起夜徘徊。
人间悲剧哀孔雀，狂风折木庭兰结。
多谢世人少行恶，千万焦刘免遭拆。
为母莫做东风恶，陆唐不填凤头钗。

七言诗·吊屈原（新韵）

荆楚败盟行祸乱，怀王受惑倒忠奸。
竭诚尽智蒙冤狱，正道直行遇佞顽。
左徒造为新宪令，上官蔽美呈恶谗。
直臣被谤遭流放，邪恶乘机掌政权。
披发行吟屈子怨，捕鱼撒网丈人谈：
众人皆醉焉独醒，胡不啜糟求暂安？
与世推移毋阻滞，怀瑜握瑾莫含冤。
屈平敬受渔翁劝，觍面婉答肺腑宣：
爱楚辅君好本分，离经叛道恶根源。
察察浴体衣须振，皓皓新头冠必弹。
宁赴常流葬鱼腹，安能温蠖讨人嫌？
威严正气虽犹在，憔悴容颜实可怜。
体解四肢忠不变，离忧五内爱益难。
坚贞化作《怀沙赋》，抱愤自沉汨水间。
气化长虹光日月，《离骚》《九问》警世言。
坚贞不屈千古颂，忠君爱国万代传。
至今五月端阳日，龙舟粽子吊屈原。

七律·逼上梁山（新韵）

林冲发配沧州道，善恶报应自有缘。
小二衔恩知善报，陆谦反噬结仇冤。
火烧草料心凶险，身首异处命难全。
果报恩仇皆不爽，铤而走险上梁山。

五律·滕王阁（新韵）

二〇一二年六月七日作于呼市

美幻滕王殿，雄州起凤蛟。
披轩观舸舰，俯槛瞰甍雕。
唱晚渔舟远，惊寒雁阵高。
落霞孤鹜起，秋水九天寥。

五律·叹王勃（新韵）

二〇一二年六月七日作于呼市

万里赴交趾，三秋莅豫章。
阎公邀盛饯，陆海洒潘江。
诗赋滕王阁，情屈老冯唐。
叨陪趋鲤对，才尽赴汪洋。

七古·陶令归隐（新韵）

二〇一二年六月八日作于呼市

才华横溢却家贫，储粟瓶空无计施。
形役初心因口腹，公田酿酒欲求之。
违心入仕奚惆怅，不愿折腰自去职。
自谏迷途实未远，行吟来者归去辞。

七律·赞《逍遥游》（新韵）

北海有鲲化为鹏，扶摇万里徙南冥。
斑鸠决起抢榆止，斥鷃翱翔蓬蒿中。
彭祖享年八百岁，大椿生长三万冬。
宋荣列子有依待，驾御六风历无穷。

七律·叹李密（新韵）

蜀亡晋立归司马，贱掳孤臣受国恩。
窘遇祖刘罹病患，恳求终养尽人忱。
情真意切催珠泪，进退两难动帝心。
一表陈情传正道，欲忠先孝好臣孙。

古风·谒师兄（新韵）

二〇一五年八月三日作于赤峰敖汉旗

辽一师一别，荏苒四十春。
千里赴敖汉，百计访吉彬。
新惠大各各，喜谒高府门。
相拥对泪眼，渴念心照心。
先问体康健，后谈多子孙。
师兄痒在脑，学弟病在心。
喜极怕激动，不敢泪沾襟。
携手话当年，促膝说如今。
桃渊水千尺，不及友情深。
临别留倩影，两对白发人。

七律·病中吟（平水韵）

二〇一二年一月二十九日，吾年值花甲，正月，心病复发，先住内蒙古自治区人民医院，做冠状动脉造影；后转至北京安贞医院，用磁导航技术介入左脉两个支架，心脏血管即刻贯通，心胸顿舒，十年病痛解除。感慨颇多，诗以记之。

玉兔适逢花甲子，十年心病又差疵[1]。
安贞介入双支架，磁导膏肓二竖辞。
患病忽如墙塌倒，祛疾慢似絮抽丝。
今生可谓多磨难，欲借红霞映老枝。

[1] 差疵：毛病。

古风·御泉井（平水韵）

二〇一二年六月六日作于呼市

御驾亲征准格尔，回师绥远热如煎。
千军渴盼望梅水，万马苦熬火焰天。
宝骥腾空振鬃鬣，神蹄刨地涌甘泉。
福临天赐御泉井，佳话留传四百年。

七律·贪官（新韵）

二〇一二年六月十四日作于呼市

自古贪官似豕豚，难平欲壑恋黄金。
损人利己嗜珍宝，中饱私囊肥自身。
胆大包天盗国库，欺心灭祖害黎民。
贪心不足蛇吞象，遗臭千年赚法针。

七律·肃贪（新韵）

二〇一二年六月十四日作于呼市

社会形成就有贪，蝇营狗苟为金钱。
和珅暴敛超国半，蒋宋鲸吞累舰船。
中共肃贪杀子善，毛公震怒毙青山。
倡廉反腐悬明镜，秉鉴持衡戒蠹官。

古风·养肥（新韵）

二〇一二年六月十五日作于呼市

贪官是肥猪，迷恋黄金屋。
养得膘肥胖，万死罪难赎。
财产全没收，定谳受刑徒。
早知有今日，何必犯当初。

七律·蛟龙闹海（新韵）

二〇一二年六月二十六日至三十日，中国蛟龙号三次下潜探海，深度超过七千米。诗以记之。

汪洋浪底幽深奥，亘古谁能探邃溟？
大圣龙宫曾借宝，张羽煮海欲传鸿。
劈波三探蛟龙号，潜水七千敖广惊。
玉帝惊闻心震撼，人间奇迹震天庭。

七律·丹枫（新韵）

二〇一二年七月十日作于呼市

祖籍城武徙赤峰，少困农村晚进城。
穷窘苦吟诗词赋，偷闲乐诵史书经。
教书卅载常习作，函授三番底淀丰。
翻看经年霜重叶，红霞喜映旧丹枫。

七律·自题《秋叶集》（平水韵）

二〇一二年七月十日作于呼市

花甲痴心莫力翁，诗词付梓赖青城。
晨霜暮露拾秋叶，日累年积寄律行。
世纪风云随笔录，人生阅历伴豪情。
村言俚语非骚体，聚腋成裘乐采征。

七律·苦吟（平水韵）

作于二〇一二年七月十三日

人道山高出俊鸟，吾生莫力好歌俦。
执着十五炼佳韵，聚腋三八缀盛裘。
俯首苍生拾落叶，洞察万物运骚谋。
泛舟诗海寻佳句，废寝苦吟忘夏秋。

五律·坐火车观热水（新韵）

二〇一三年八月三日作于呼市

峻岭盘陀路，火车去又还。
经棚能四顾，热水可三观。
绕道八十里，洞桥七处连。
长龙穿百仞，铁轨入云端。

七律·惯子成虫（新韵）

二〇一三年九月二十六日作于呼市

老夫少妇天一子，惯养娇生纨绔哥。
淫逸骄奢夸富贵，吃喝嫖赌竞豪车。
伤天害理败家业，作犯奸科被网罗。
惯子成虫难醒梦，囹圄十载怨何多。

七律·思乡梦（平水韵）

二〇一三年中秋节作于呼市

梦回莫力境悠悠，老院泥屋过中秋。
老父屋前晒烟叶，萱堂灶上煮瓜粥。
风刮落木萧萧下，露打枯葵渐渐愁。
闪电雷霆惊梦醒，思亲热泪枕边流。

七律·重阳（平水韵）

二〇一三年十月十三日作于呼市

草枯木落叶如金，雨洗凋花不再新。
老杏着霜呈紫色，秋菊傲雪逞精神。
寒光冷月涵虚水，落日余晖壮士身。
欲上巅峰力不济，携孙望岳冀来人。

七律·教书（平水韵）

二〇一三年十月十七日作于呼市开来中学

执卷教书心如镜，书香门第胜官家。
几旁笔墨留清味，架上诗书溢智花。
兴致轻吟诗词赋，消闲细品碧螺茶。
植桃育李成蹊径，施教淘金水澄沙。

古风·赠杨鹤（平水韵）

二〇〇八年五月二十五日作于呼市曙光中学

三年科代表，一世师生情。
苦学多磨砺，求知愈益精。
冲天飞鹤去，笑靥溢真诚。
金榜应高中，未来一隽英。

七律·嗜读（新韵）

二〇一四年五月五日作于呼市开来学校

少年嗜卷不知倦，“文革”焚坑欲借无。
偶见留残犹获宝，常耽讨索不停读。
偷光映雪蓖麻串，冷室冰屋土垒垆。
耳顺求知仍奋进，厨中不放未读书。

五律·喜得二孙孙（新韵）

正月初三日，喜添第二孙。
婴儿超健壮，体重过八斤。
爷奶多欢畅，父母很称心。
人丁真兴旺，福佑后来人。

七律·高考（新韵）

二〇一四年六月七日作于呼市开来中学

甲午群芳争艳季，寒窗学子入秋闱。
爱心汽车无偿送，望子双亲盛意陪。
十二春秋薪胆苦，二十冬夏雪霜梅。
龙门竞跃黄金鲤，华夏复兴舍我谁？

五律·夏雨（新韵）

二〇一三年七月一日星期一作于呼市

入夏连阴雨，长街起潋漪。
歘歘风扯伞，仄仄泥溅衣。
伛妪檐前避，偻翁拄杖吁。
清晨蛙乱耳，雨霁燕衔泥。

五律·头伏雨（平水韵）

旱至头伏末，炎炎似火烧。
天干呈物燥，地裂病禾苗。
昨夜倾盆泻，今晨遍地浇。
久涸得雨露，希望蓦然飙。

五律·种荞麦（平水韵）

久旱无春雨，禾苗半枯干。
雨落头伏尽，地误种晚田。
抢种播荞麦，速生救馁年。
吱嘎饸饹面，腹饱万家然。

古风·赠张荟（平水韵）

二〇〇八年五月作于呼市曙光中学

为人热情心善良，童心稚气乐帮忙。
如能潜心孜孜志，秋闱试笔溢书香。

五言排律·楼前小菜园（新韵）

二〇一八年七月十八日于呼市

汇豪天下住，户外小菜园。
卅四平方米，七八畦埂间。
春分棚育种，谷雨菜蔬鲜。
豆角播三季，葱椒用满年。
天然无污染，纯正有机餐。
授粉择花朵，移苗种紫兰。
悠然吟诗句，惬意品香芫。
养性陶心境，修行世界观。
生活圆美梦，炼句百花间。
简素生情趣，悠闲胜做官。
清晨楼下站，返璞归自然。

五古·教师情缘（新韵）

二〇一七年五月十二日作于呼市开来中学

迁呼十二载，送走五届生。
来时五四岁，如今六六龄。
桃李虽不言，树下成蹊径。
积劳身心瘁，力疾育学童。
吃苦不耐劳，心强力不争。
有意归隐去，难舍庠序情。
教学四九岁，术业有专攻。
语文教学法，炉火渐纯青。
正该献桑梓，圆我不了情。
谁知身有恙，半纪梦难成。
企盼遇良医，去疾一身轻。
借我十年期，再育三百英。
此生可无悔，不愧教师名。
无私传大道，授业立德行。
高山仰孔孟，中华科教兴。
虽无惊天业，甘做一园丁。

五言排律·美国发动贸易战（新韵）

疯狂特朗普，狂傲不安宁。
执拗单边策，恃强逞霸凌。
退出环保议，制裁俄普京。
反对伊核定，支持叛乱行。
提高关税率，挑起商贸争。
铁铝伤中国，税值害北盟。
中俄齐反制，英法共发声。
失道应孤立，伤群不可生。
狂魔胡乱舞，善恶有报应。
正义昭彰日，妖邪寿寝终。
奸枭寻自毙，友爱向光明。
人类共同体，联合世界平。
“一带一路”胜，霸道行不通。

偶成诗十一首（新韵）

二〇一八年七月作于呼市

五律·赞青城

高原生牧草，几岁几枯荣。
四季食无尽，逢春芽又生。
奶香全世界，肉供北南京。
人类宜居处，民族模范城。

七绝·草原美

蒙古高原六月中，天高云淡望晴空。
牛肥马壮天蓝璧，耀眼娇花点点红。

七绝·观村景

枝间百灵鸣绿柳，田头老马望青天。
西山荞麦花如雪，东岭马车动似船。

五绝·农耕

春播十亩麦，秋获万斤粮。
努力勤耕作，仓盈人不慌。

五绝·夜读（一）

夜读点盏灯，看字如飞萤。
偶遇灯花爆，缤纷满目星。

七绝·夜读（二）

冰屋冷室凉水杯，夜读更深妻子催。
不惑苦学君莫笑，人生奋斗有几回。

七绝·函授

四十挥笔过难关，七下通辽家不还。
尝胆卧薪恒志在，悬梁刺股克书山。

五律·咏荷

出水亭亭立，承天露露盘。
含羞娇雨醉，摇曳梦珠圆。
叶叶田田恋，华华腆腆鲜。
谁知莲下藕，节气九空连。

七绝·苦读

三进大学苦读书，六年寒暑假期无。
求知只为增学问，苦累艰难能克服。

七绝·初迁呼市

初迁呼市掸征尘，举目无亲事事新。
血压升高新戒酒，欲言往事少故人。

七律·乞丐服

贫穷破裤打补丁，乍富新衣剪窟窿。
破裤补丁求保暖，新衣打洞为通风。
阑珊牛仔千疮孔，靓女美男百种情。
颠覆美学新概念，镂空唯美很流行。

七律·千年冰洞（新韵）

地藏万古神州气，穴孕千年地下冰。
怪洞盘旋凝邃处，钟锥倒挂水晶宫。
玲珑剔透羊脂玉，光怪陆离雪花琼。
寒气袭人疑错季，三伏冷冽赛严冬。

七言排律·红崖瀑布（新韵）

惊天瀑布山上来，溅壁激石落涧飞。
光照珍珠成五彩，浪跌峡谷响千雷。
石桥曲径通幽路，栈道回廊掩路菲。
万仞红岩劈壁立，十寻古洞挂崖危。
招徕远客观奇景，引诱骚人探细微。
地造天成自然貌，神工鬼斧世人睽。

七律·平遥古城（新韵）

莅览山西洪洞县，参观明代古平遥。
青砖灰瓦连街巷，矮屋高墙少拱桥。
起解苏三书史话，关押囚犯黑女牢。
县官衙署森然立，哪有青天似老包？

七律·秦始皇兵马俑（新韵）

瓢泼大雨去秦坑，攒动人头看土俑。
万古始皇行霸道，千卒战阵殉荒茔。
陶兵泥马见天日，铁辇铜车现帝陵。
封建君王今恶在？只留世代暴君名。

七言排律·自赏《秋叶集》（新韵）

人生如梦何为贵，雁过留声水有痕。
河绕千遭流向海，树高百尺木归根。
夕阳晚照橙红杏，筋脉相连地理纹。
落木萧萧观醉色，霜天寥寥踏疏林。
多姿百态藏珍册，万紫千红喜映人。
雨雪雾霾频沐浴，日精月髓聚光阴。
年积季累结诗册，垒土成山靠奋勤。
不辍持恒锤炼句，苦心集腋缀裘珍。
采摘三百经年片，记录一篇入世文。
拣叶寻枝窥历史，见微知著录秋春。
可知再过三十纪，古典诗词贵如金。

五律·白桦林（新韵）

广袤兴安岭，无边白桦林。
天生雪玉肤，地养细年轮。
眨目橡皮眼，斜枝铁梗筋。
乌恩猎人树，义薄九天云。

七律·人桦合影（新韵）

森森黄岗参天碧，攘攘游人爱自然，
玉干琼枝翡翠叶，霓裳绿袄牡丹颜。
花容树影成双衬，美景仁心结两欢。
最爱千年白桦树，情思万古大兴安。

七律·松柏傲霜雪（新韵）

二〇一八年十一月十五日作于呼市开来中学

霜降青城枫叶紫，横刮落木涌波金。
寒流飒飒旋飞蝶，冰露晶晶坠柄针。
翠柏青松枝干挺，斗霜傲雪精气神。
雷霆闪电浑不惧，立地顶天碧森森。

七律·悼金庸（新韵）

一代神侠泰斗缘，溘然长逝列仙班。
连天飞雪射白鹿，笑侠神书倚剑鸳。
扛鼎秘籍遗万世，风靡巨著正十三。
刀光剑影惊心魄，义胆侠肝喻世言。

雪夜吟词

雪夜吟

残月彤云冬至雪，
寒霜雪霰无声。
陋屋纸壁影倏零，
苦吟无倦意，
危坐待天明。

弱冠登坛学解惑，
四十方获真经，
艰辛历尽意难平，
哪堪多回首，
苦累伴人生。

天净沙·晚过耳朵梁

一九七五年四月，赶骡车去克旗红光。日暮时分途经耳朵梁，峡谷奇险幽深，令人毛骨悚然，感佩所至，欲词无笔，遂刻画青石片以记之。

巉岩、幽壑、疏林。
秃山、小径、荒村，
老树、干河、断仞。
迷途问路，牧羊人指迷津。

远观老汉耕耘，
近瞧枯柳斜身。
日暮风迷影遁，
如非如是，迷远客惑游人。

钗头凤·思恋

一九七九年冬，耿秀金、刘学英在恋爱期间先后上师范，为其大龄欲婚却好事多磨而戏填。

初聚首，时不久，锅撑山下结挚友。
时运恶，恨命薄，一旦发愤，两年离别，
学，学，学！
信如旧，人空瘦，郎回卿去情难就。
织女望，牛郎渴，佳期虽近，鬓角难磨，
得，得，得！

如梦令·忆泰山

忌日、春节、端午，怀念泰山颇甚！
今日在何方？黄土长眠山坌。
山坌，山坌，名讳谁人寻问？

沁园春·北国春

一九九〇年春填于十二吐中学校运会

塞北高原，千山竞秀，万木争姣[1]。
喜小溪汩汩，环阡绕陌。
露湿禾稼，细雨潇潇。
北海鹏翱，南山虎啸，物竞天择显雄骁[2]。
真可谓，看自然万物，优美娇娆。

神州自古多娇，育无数惊天盖世豪。
忆津门大侠，神威勇武。
华夏女排，五冠神鳌。
健儿参赛，神弓早备，欲向苍穹射大雕。
迎亚运，使国威再振，且看今朝！

[1] 姣：相貌美，拟人。
[2] 骁：勇猛雄武。

卜算子·桃李归

一九八七年一月，游子回乡茶话会即席偶成喜庆学子会，静看群星笑。

乌鹊三朝反哺情，怎比爱心俏？
俏志壮春晖，点水涌泉报。
待到家国振兴时，我自心中笑。

调笑令·蓖麻串

噼啪，噼啪。夜读串燃蓖麻。
一粒燃烧尽了，二粒爆裂花发。
亮花，亮花，当年读书赖它。

读书三部曲

江城子·进修

作于一九九四年十二月

别妻忍泪辞故乡，意彷彷，志惶惶。
欲充点墨，进修下朝阳。
辽一师院中文系，读汉语，写华章。

青春志愿献桑梓，离家乡，进学堂。
孜孜求教，经历雪风霜。
虽地摧山崩星殒，恒心在，志犹昂。

江诚子·电大

中年偶奋少年狂，把悬包，背鼓裳，
双脚生风，踏车过山冈。
为获真知学电大，翻新页，进学堂。

风霜雪雨也平常，日夜继，又何妨？
书山有路，还要苦辛偿。
行路八千云共月，品滋味，有余香。

江城子·函授

“长征”[1]过后未歇肩，夜秉烛，战书山。
四十入闱，挥笔过五关。
后本题名金榜日，盈喜泪，苦酸甜。

千里求教赖信函，茅塞开，世事谙。
吕蒙愤发，三载刮目看。
七下通辽何体会？甜中苦，苦中甜。

[1] 长征，作者读电大曾骑自行车累计行程两万五千里，故以“长征”喻。

临江仙·雪夜吟

一九九四年十二月十日午夜作于林西县十二吐中学

残月彤云冬至雪，寒霜雪霰无声。
陋室纸壁影倏零，苦吟无倦意，危坐待天明。

弱冠登坛学解惑，四十方获真经。
苦辛尝尽意难平，哪堪多回首？苦累伴人生。

清平乐·游哈素海

一九九六年九月至十一月末作于呼市

秋深露重，携览哈素境。
外溢黄河成名胜，北往南来人众。

度假村、海鲜宅，煮羔羊、烤牛排。
骑马乘船垂钓，尝鱼吃酒开怀。

霜天晓角·干训

林头呼尾，一鸣行千里。
休道家愁国事，人不惑，皆如此。

干训，吾倦矣！苦累教人瘁。
但得寒食点墨，诲村童，梦圆矣。

小重山·午夜吟

邻铺通宵酣塞声，辗转难成梦。
已三更，心驰千里往事仍。
何惴惴？窗外雨蒙蒙。

驳鬓再穷经，跨海无长鲸。
阻前程，欲把心事寄词行。
缺知音，吟罢与谁听？

观后感词十首

诉衷情·太阳泪

连观《太阳泪》悲催，天地悯峨眉。
何来冤孽情恋？害祖孙三回。
是谁对，是谁贼？枉伤悲。
呼天喊地，谁罪谁非？陋俗陈规！

忆秦娥·秋月

常呜咽，山崖梦断悲秋月。
悲秋月，一时恩爱，半生冤债。

冰心泪眼对“哪啥”，可怜美女遭人祸。
遭人祸，占窝鸠雀，爱耶悲耶？

踏莎行 · 叶子

款款美貌，纤纤手巧。
只为失语生烦恼。
螟蛉欲得爱心根，亲情却被阻断了。
是怪命运，是责月老？
宁嫁丑夫人生渺。
忧伤尽在不言中，吞声忍泪容颜老。

点绛唇 · 杏子

指腹婚约，原将红线牵心柱。
青梅竹马，惜鹊桥无渡。

别恋芳林，执拗无反顾。
遭弃疯甚？痛到心亡处。

青玉案·黑脸

无私铁面一身胆，
惩奸佞，解危难。
当代包公今又见。
铜铡犹在，
正气凛俨，
义审“仁礼”案[1]。

长揖翁妪怜泪眼，
直面冤民欲肠断。
窑外缘何亲娘唤[2]？
爱国亲民，反正拨乱，
百姓青天见。

[1] “仁礼”案：指郑士仁、郑士礼虐民案。

[2] 窑外缘何亲娘唤：剧情之一是，赵大娘房子被郑士礼推倒，露宿街头，有苦难言。凑钱八百买砖，却被窑主赖账。无奈找江峰诉冤，江峰义愤填膺，怒斥长。厂长问：“她是你什么人？”江峰说：“他是我娘！他不是我娘你就不给砖是不是？”

念奴娇·吴明雄

改革潮起，多造就，叱咤风云人物。
地委来了吴书记，一心为民造福。
力排众议，百计千方，调水修公路。
新渠灌漠，精心构建蓝图。

知人善任选贤，率领河工，喜得忠阳助。
山高水长，民为本，赢得百姓拥护。
鞠躬尽瘁，死而后已，竟义无反顾。
人间正道，自有丰碑高铸！

定风波·陈忠阳

莫怪心急语高声，言辞不善却重行。
凛然无私身包胆，则甚？愿学郑国率河工。

大漠河渠功卓著，何佞？暗下毒手害英雄。
老骥回眸争战处，难却：酸甜苦辣不了情。

诉衷情·尚德全

当初学步踩石头，孤子几多愁？
人民抚养活命，反哺报神州。

熬鹰错，被人揪，悔恨留！
献身河道，功过一生，毁誉千秋。

调笑令·肖道清

奸佞，奸佞，利齿伶牙骄纵。
修路治河怠工，整人故设陷坑。
坑陷，坑陷，误国误民坏蛋！

如梦令·吴婕

自恃才深业就，不管天高地厚。
只道义无亲，反助佞邪施谬。
难受！难受！方晓雨急风骤。

望海潮·机缘

一九九六年十月五日作于呼市

弱冠从教，梦圆[1]不惑，人生坎坷维艰！
儿时立志，忍饥面壁，忽遭动乱十年。
将似水年华，去下乡锻炼。
书典焚灰，师长遭劫，乱时求进似无缘。

赖有拨乱扬清，拯教科重建。
欲补真知，映雪囊萤[2]；
电函授课，苦读寒暑十三。
莫笑子牙迟，休讥吕蒙晚，皆是机缘。
老骥韬光伏枥，风采比当年。

---

[1] 作者曾发表过散文《童年梦已圆》，“梦圆”指童年上大学当工程师的梦想已经实现。

[2] 作者少年时家境贫寒，曾借月光、雪光或点燃蓖麻串读书，故言“映雪囊萤”。

如梦令·小南屋

二〇一三年五月二十五日忆十七岁事而作

自造南屋西户，割草和泥寻木。
冻坯垒书台，寒彻励人读酷。
读酷，读酷，极冷手搓足蹴。

南柯子·忆电大

作于一九九八年六月八日

山路四十里，风刮雪如沙。
欲增点墨补年华，
宁愿寒风苦雨走天涯。

二万云和月，八千星共霞。
“长征”过后问菊花：
记否虬枝傲雪耀我家？

满江红·香港回归

一九九七年七月一日作于林西

举世震惊，香港岛，回归龙土。
恨当初，清廷腐败，丧权国辱。
投暗明珠，何堪叹，神州被劫遭强租。
百年怨，英烈泪空流，归无路。

侵略者，早应黜！
殖民祸，最该除！
创“一国两制”，高瞻远瞩。
日月共天归完璧，澳门香港逐英葡。
国富强，方吐气扬眉，展宏图。

水调歌头·感慨

一九九七年八月作于林西

寒星辉映冷月，兀兀再穷年。
潮涨潮消潮退，月朔月圆月半，好事竟多艰。
十载曾面壁，浩气存胸巅。
感慨因何有？翘首望青天。

乡城辱，城乡愤[1]，夜无眠。
崛起逆境，何须深陷辱荣间？
治教山乡倜傥[2]普九佳音频传，旧貌换新颜。
但得人间义，高奏凯歌还。

[1] “乡城辱，城乡愤”，一九九五年作者连续发表散文和短篇小说，因此被二中校长聘请教授高三作文，有了施展才华的机会。可不料就在宏图欲展之时，却横遭主管教育副县长干涉，其借口竟然是“农村教师不能进城教书”。于是作者愤而离校并写了《新谏逐客书》，提出了用人原则应“因才是举，而不应唯户口论”。

[2] 后来作者到另一个年检被挂黄牌的农村中学任副校长，与同事们发奋努力治校，一年县级达优，两年自治区级达标，由此证明“农村不尽低能儿”。

水调歌头·回繁荣

一九九八年六月三日，带中教组回繁荣中学听课，有感而填。

夜雾雨蒙蒙，远闻晓鸡鸣。
清晨踏露何早？听课到繁荣。
故地小别八月，笑靥真情犹在，
松桦亦青青。
日夜尽心智，往事入梦中。

哈达山，玻璃水，注深情。
勿说再见，雁阵飞过也留声。
治本依纲施教，创优达标育人，
普九乘春风。
志要存高远，且跨世纪行。

诉衷情·送晚

作于一九九八年六月七日

清渠阶上懒拥衣，蜂蝶蕊间飞。
忙里偷闲送晚，树巅百灵叽。
看环宇，彩云飞，儿女归。
月儿逐日，东来甚早，共赏天时。

长相思·牡丹葡萄

二〇一三年五月二十五日追忆林西老家而作

红牡丹，黄牡丹，
斗艳争妍院外园。
行人驻足观。

紫葡萄，绿葡萄，
滴里嘟噜赛玛瑙。
友邻嘻指瞧。

满江红·热水塘

二〇〇二年八月二十五日

猎户捐生，热水浒，犹存圣树。
百灵鸟，千啼百啭，轻呼玉兔。
偶见骆驼踢踏影，觅寻沐浴嫦娥处。
为甚事，游客四方来？神泉浴。

手把肉，华子鱼，鲜蕨菜，奶豆腐。
牧歌城，茶酒良宵同度。
“罕露”[1]徘徊留恋过，星辰闪烁影踌伫。
祛百疾，疗养最佳泉，人间浒！

[1] 罕露：指集通线旅游列车“罕露”号。该线在热水段去而复返，盘旋升高，故有“徘徊”句。

调笑令·烈马

一九九八年六月十九日

烈马，烈马，应赴战场叱咤。
缘何困于厩里，只供拉车种地。
地种，地种，千里奇才无用。

调笑令·耕牛

一九九八年六月十九日

耕牛，耕牛，累月经年不愁。
任劳任怨无忧，草料果腹是求。
求是，求是，吃饱能拉犁耜。

渔歌子·悯农

春夏秋冬干不完，面朝黄土背朝天。
丰何喜，歉何怜？只将希望寄来年。

渔歌子·牧羊

放牧悠悠进北山，空谷幽幽甩响鞭。
膘儿胖，肉儿圆，羊羔跪母唤连连。

渔歌子·百灵鸟

老屋门前柳绿微，晨曦落露百灵叽。
叽里喳，喳里叽，喳啦叽里跳枝嬉。

江城子·九佛山

一九九八年七月一日

天生地造九佛山，陨来石，一线天。
携眷将军，幽恋意绵绵。
恍似狮身人面像，石佛祖立危岩。

学舌鹦鹉骆驼峰，子母龟，望金蟾。
神犬哮天，只把兔儿馋。
百态千姿遐想后，方领悟，是奇观。

一九九八抗洪词六首

渔家傲·抗洪

暴雨狂风连月半，
洪峰水位百年见。
千万军民守险段，
齐呼唤，
国家总理来一线。

浊浪翻滚遮天半，
江河库坝都漫灌。
抢险抗洪共赴难，
大决战，
荆江死守安武汉。

渔家傲·抢险

一九九八年八月十一日

尼诺厄尔行祸乱，
狂风暴雨人间犯，
四次洪峰实罕见。
罹水患，
江堤久泡灾情现。

首长发来慰问电，
军民党政齐参战，
神壤背来堵险段。
英雄汉，
李冰鲧禹禹都惊叹。

浪淘沙·救灾

洪水侵江汉，巨浪滔天。
漫堤溃坝家被淹。
一方有难百方援，情满人间！

解囊救倒悬，义胆侠肝，
物载真情满车船。
万众一心抗灾患，重建家园。

水龙吟·慰问

二〇〇〇年六月四日填于赤峰林西

有家已似无家，水冲屋摇摇欲坠。
财产尽失，田园淤埋，只余愁字。
二目茫然，双流泪眼，欲睁还闭。
蓦来慰问团，赈灾济民，生机陡然唤起

手捧救灾款物，任凭他，喜悲珠缀。
同胞真爱，侠肝义胆，叫人心醉。
重选宅基，家园再建，鲋鱼得水。
莫讥咱脆弱多情，点点是激动泪。

水调歌头·决战

二〇〇〇年六月四日填于赤峰林西

灾难何时有？不用问苍天。
且说抗洪决战，悲壮九八年。
久泡江堤出险，
更加狂风骤雨，真令胆心寒。
峰浪连八次，肆虐在人间。

总书记，朱总理，夜无眠。
亲临险段，经纬天地总动员。
凝聚民族魂魄，
鼓励中华意志，九险俱安然。
举世歌英烈，解囊献炭捐。

柳梢青·救难

地震灾临，
屋塌房倒，
活命艰难。
抢危救难，
命悬一线。
要治疗难，
搜寻幸存者难，
频余震风雨维难。
拯救灾难，
雪中送炭，
救苦救难。

乡校词三首

一九九九年三月二十四至二十六日，随同内蒙古自治区“两级达标”先期考察指导工作团，考察我县两乡一镇中小学“基本普及九年义务教育”“基本扫除青壮年文盲”工作情况，有感而填。

鹧鸪天·题林西镇中心校

刮目凝眸镇小村，赫然金扁挂高门。
素质教育扬帆进，“两级达标”最苦辛。

开慧口，献芳心，都为启智育新人。
中国现代新学校，华夏千载龙精神。

渔家傲·题房身乡学校

偏僻小村山环抱，北峰雪线天边绕。
村中两家宅院好。
这才叫，尊师重道建学校。

雄伟校门工艺巧，连环坛圃栽花草。
琅琅书声无限妙。
都知晓，“两基”教育要达标。

浣溪沙·题下场乡学校

教育先行计划长，
白沙滩上盖新房，
人间温暖靠阳光。

区市“达标”催奋进，
县乡“任重”迫人忙，
欲敲金镫铠歌扬。

卜算子·春雪

一九九九年四月五日

瑞雪兆丰年，晨树银妆挂。
洒洒飘飘大地湿，有利种庄稼。

人间施甘霖，万物春阳发。
撒谷播菽好墒情，希望陡增大。

忆王孙·清明

一九九九年四月五日

清明树挂地妆银，
摇落晨风雪纷纷。
继往开来众子孙，
泣断魂，尽把哀思诉先人。

忆王孙·怀周

一九九九年四月五日作于林西

一九七六天安门，
诗海花山动地吟。
总理一生爱人民，
感情深，贤相千古第一人。

西江月·离休

一九九九年四月三日，题赠离休老人

离职回家养老，适逢国泰民安。
神清气爽兴致好，养性修身怡然。

勤练太极八卦，常挥门球三杆。
闲敲棋子话当前，喜看访谈焦点。

满庭芳·赞夕阳红艺术团

一九九九年四月六日作于林西

凤老龙苍，狮闲虎逸，雄风不减当年。
夕阳西下，霞彩灿如胭。
老年夕阳艺术，欲红遍，塞北河山。
梨园里，琴声送雅，国粹有人传。

翩翩，虞姬剑，
贵妃醉酒，凤凰巢还。
吐气练声音，益寿延年。
净旦丑生票友，皮黄调，板眼和弦。
文武场，锣喧鼓震，鹤发舞红衫。

桂枝香·下场万亩林

一九九九年六月十八日作于林西

端午巡考，车行下场乡，细雨初降。
蓊蓊葱葱郁郁，白杨千垧。
风沙锁住添葱翠，绿荒坡，染青冈。
白云垂幕，山林爱晚，虹彩飞扬。

念往昔，光山秃岭，断路阻风沙，揭光犁壤。
岭上孑遗二物：花椒断肠[1]。
而今狐兔归林，鹰翔柳簇山河壮。
流域工程，平衡生态，凤鸣桐上。

[1] 花椒断肠：指山花椒、断肠草两种野生植物。

忆王孙·山花椒

二〇一三年五月二十五日

荒山土岭野花椒，
绿叶蓝花丛簇苗。
嫩采阴干做料调，
烤羊羔，
美味清香没得挑。

生查子·断肠草

二〇一三年五月二十五日

地造胖粗根，耐旱花鲜艳。
兽虫具不食，斑蚊独迷恋。
药祖误尝之，饮恨柔肠断。
坐罪受法典，瞬间鬼王见。

诉衷情（十二首）

诉衷情·童年

童年也曾梦黄粱，奢望振家邦。
十年“文化革命”，毕业返家乡。

中学辍，大学无，小学荒。
读书无望，心也迷茫，意也彷徨。

诉衷情·少年

少年离校下山乡，生产很繁忙。
修渠打井开会，辘辘忍饥肠。

出苦力，穿破衣，吃菜糠。
年终结算，穷也饥荒，富也惆怅。

诉衷情·青年

青年偶遇任教师，一块日工资。
不能养家糊口，提称借粮食。

烟已戒，酒不沾，肉不吃。
凑钱函授，学历人知，辛苦自知。

诉衷情·恋爱

家贫衣破少矜怜，老大影孤单。
风云月老牵线，锁风订姻缘。

心默许，秘不宣，避人嫌。
“大家闺秀，可定终身”。

诉衷情·结婚

旧鞍骒马过南梁，自己娶新娘。
鲜花鼓乐没有，鞋袜两奁妆。

郎曳马，妻跟随，泪珠汪。
四桌家宴，两个衣箱，一室新房。

诉衷情·漏房

泥房未瓦雨连天，夜漏水涟涟
搬箱四顾无放，鞋袜似漂船。

都只为，你留家，我当班。
晓来求助，岭上相逢，泪眼温言。

诉衷情·搬家

家庭工作两维艰，妻子受流连。
艰辛以沫相濡，八载九搬迁。

共患难，手相牵，意相怜。
星夜拾粪，沙漠搂柴，冷室生男。

诉衷情·生女

寒冬腊月降千金，破房漏风门。
烧柴烤火胸暖，后背冷森森。

无米面，少荤腥，怎临盆？
奶汁缺少，藕粉难求，百爪挠心。

诉衷情·生男

二月既望月光清，晓梦降新生。
三山脚下声震，播放东方红。

煮鸡蛋，熬米粥，喜盈盈。
乳名昕来，大号崇光，一代新丁。

诉衷情·中年

中年竟奋少年狂，教学两头忙。
三年令人刮目，几度创辉煌，

修后本，育精英，著华章。
才情涌动，诗要扬帆，词要起航。

诉衷情·老年

老年宿累病疾多，心脑氧双缺。
求医问药休养，无奈血糖何。

放支架，脉心通，起沉疴。
打针服药，创作教学，别致生活。

诉衷情·老伴

老年为伴少年妻，荣辱两相依。
生儿育女家务，风雨梦同席。

出莫力，赴巴吉，进林西。
远迁呼市，落户青城，从未分离。

北京词（二十首）

作于一九九九年十一月十八日至十二月十八日

忆江南·楼头望日

晨洗罢，
独伫分院楼。
透过纱窗望红日，
凝思不语任神游。
心绪系饶州。

忆江南·丰台挂职

手拉手，
挂职搞教研，
内蒙北京如兄弟，
草原首府血脉连。
风雨无阻拦。

水调歌头·赠侄儿

一九九九年十一月二十一日（周日），在丰台见侄儿崇明，有感而作。

不见侄儿影，算来整一年。
不知饥寒冷暖，可否有人怜。
叔父丰台挂职，植物园中见面，拉手问根缘。
父母想儿子，无刻不肠牵。

拜师父，租陋室，挣零钱。
潜心立志，学好技艺进创园。
植树，栽花，培草；
梅雪，菊霜，兰剑，忙碌百花间。
但得精园艺，别忘把家还。

如梦令·金虎（一）

百褶浑圆皮绿，尖刺硬棘鱼骨；
硕大仙人头，罕物产在何处？
金虎，金虎，此物船来南浦。

如梦令·金虎（二）

耐旱生于沙岗，叶子变成针样。
本是野生物，被人移植观赏。
观赏，观赏，哪如澳洲宽敞！

更漏子·乡情

车声乱，霓虹闪，缕缕乡情难按。
身在外，心在家，夜深能想啥？

察薄雪，观霾雾，来自北方何处？
情思思，绪蒙蒙，辗转梦难成。

更漏子·取经

客京华，居闹市，教研丰台挂职。
交朋友，取真经，当不虚此行。

手拉手，做学问，求是、解疑、讨论。
强素质，获真传，教育谱新篇。

鹧鸪天·北京盒饭

廉价精工巧做成，三菜一饭两盒盛。
自餐自取无贫贱，同饱同香又卫生。

开大会，最时兴，专家领导尽相同。
省时省费还省事，胜做华筵酒醉翁。

鹊桥仙·预约

丰台挂职，交流经验，倍感情谊无限。
生活工作安排好，万里长城去游览。

预约来夏，花开草绿，朋友赤峰再见。
宁城老窖烤羔羊，共祝蒙京草原恋。

诉衷情·吊崇祯

当年曾是万乘尊，刚愎御九州。
闯王兵临城下，血溅坤宁楼。

内未靖，边未安，挂枝头。
末代皇帝，命蹇时乖，断送金瓯。

诉衷情·景山槐（一）

老槐因为树脖歪，缢帝担罪名。
受惩锁链缠绕，屈赴枉死城。

植小槐，当替身，且偷生。
头斫枝锯，迫出斜杈，好教拴绳。

诉衷情·景山槐（二）

老槐不晓有何嫌，无故受奇冤。
先祖槐荫媒妁，善结地天缘。

董永嫁，仙女织，乐人间。
如今岂料，根在泥土，蒙辱景山！

诉衷情·斥三桂

拥兵镇守山海关，国破鼠两端。
因何引狼入室？据说为圆圆。

充鹰犬，觊王权，终灭蕃。
反复无常，违众逆天，遗臭千年。

摊破浣溪沙·李自成

一代枭雄李自成，挟风带雨进燕京。
缢死崇祯景山下，灭大明。
八十三夜皇帝梦，骄奢淫逸祸根生。
塞北反了吴三桂，九宫薨。

加字永遇乐·太和殿怀古

宝殿金銮，明清两代，皇家修筑。
大内宫阙，历经风雨，蚀损雕龙柱。
红墙残破，金甍生草，铜缸刮痕触目。
鸦片战争，帝国入侵，带来百年耻辱。
鹤龟寿，龙盘虎踞，只是帝祚无复。
西瓜翡翠，石榴玛瑙，皇帝侈奢无度。
铜铸编钟，玉雕如意，稀世宝盈库。
金镶玉玺，人血铸成，诱惑中原逐鹿。
辛亥革命，封建终止，遗下晨钟暮鼓。
累今人，指点叹息，兴亡处处。

水调歌头·游故宫

中宝太和殿，正大端午天。
煌煌大内宫阙，守望近千年。
交泰乾清坤宁，钦安顺贞神武，
冷月御花园。
龙凤都作古，留徼在人间。

尘朱阁，锈金户，榻无眠。
荣华富贵，过眼似云烟。
人有生离死别，国有兴亡衰盛，
规律使之然。
但使民心顺，国泰万家安。

念奴娇·望长城

横亘万里，望长城腾跃，凌空气魄。
山海龙头嘉峪尾，锁镇千山万壑。
屈曲蜿蜒，迂回盘绕，巍峨隔朔漠。
古今征战，血染雄关百座。

可怜历代将帅，守卫边塞，有几人不殁？
塞上秋景衡阳雁，孤城长烟日落。
地球人文，飞船能见者，唯此龙脉。
中外登临，谁能评论功过？

沁园春·叹长城

万里长城，飞掠千山，世界奇观。
看蜿蜒屈曲，迂回婉转，隔离成塞，昂首啸天。
山海龙头，嘉峪龙尾，吞吐几多石土砖？
实可叹，那十朝将役，几个生还！

因何枫叶如殷，似血染，烽烟百座关。
诵塞边风景，衡阳哀雁，孤城落日，大漠长烟。
巨匠神工，雉堞墩燧，瞠目惊窥千万年。
令人叹，咦！龙腾东亚，华夏渊源。

声声慢·世界公园

奇奇怪怪，大大小小，长长短短扁扁。
处处真真假假，微缩景点。
汇集欧美亚澳，怪异奇，供人观看。
天上少，世间鲜，世界公园绝版。

再现古今中外，七大洲，文明渊源无限。
万里长城，铁塔凯旋罕见。
澳洲悉尼剧院，自由神火炬烈焰。
入胜境，怎能不忘返流连！

念奴娇·天安门怀古

乾坤变换，唯此楼，雄踞六朝高阁。
元朝世祖，明成帝，李闯匆匆而过。
大清帝国，盛衰三纪，终酿八国祸。
袁张冯段，谁是奸佞邪恶？

幸有中共中央，山河再造，建立新共和。
港澳回归，赖小平，“两制一国”政策。
五十大庆，人人瞩目，全军大检阅。
往事如烟，皆是荣辱悲歌。

望海潮·龙逢千禧

龙逢千禧，千年一遇，喜迎港澳归宗。
香山气瑞，濠江波漪，举国共贺复兴。
七子欲回归，莫忘台海岛，海隅飘零。
“两制一国“，定能腾跃华夏龙。

凝眸拭目神州，改革潮迭起，浩荡春风。
关贸入世，飞船登月，足令世界震惊。
再不受欺凌。
看三峡浪底，京九神功，
科教兴国，壮中华锦绣前程！

满江红·四十八岁抒怀

新纪元头，已卯尾，腊九华诞。
忆少年，生于农户，长在山畔。
忍饥读书宁刻苦，打柴冒雪济家赡。
十年劫，学校返农村，去锻炼。

未及冠，执教棍，教学子，爱心献。
辽宁上大学，国文积淀。
万里长征读电大，七下通辽本科念。
强素质，不虑人不知，师德建。

念奴娇·克什克腾怀古

略步萨都剌《百字令·登石头城》韵，于二○○○年六月二日填于林西。

兴安林海，绕“四缘宝地”，天丰万物。
西拉沐沦汤汤过，百宝更说石壁。
商代摇篮，匈奴佐地，秦汉冬青雪。
成吉思汗，选拔禁卫豪杰。

沃野广袤丰饶，清廷放垦，耕地初开发。
百岔岩画，青铜甗[1]，千古文明不灭。
黄冈云杉，青山冰臼，达里如诗画。
回归自然，得天顿悟风月。

[1] 甗(yǎn)：古代的一种炊具，分两层，中间有箅子，上层可蒸下层可煮。克旗曾出土春秋青铜甗。

踏莎行·霜降青城听 K 歌

秋染青城，霜飞露洒。凋零万物皆入画。
金风落木马路边，赭衣环卫扫楼下。

月晕青晨，星辉冷夜。排排街灯高杆挂。
K 厅歌舞恋人期，俊男靓女多喁话。

临江仙·校园风筝赛

二〇〇五年五月六日

湛湛清天蓝如水，百只鸢鹞争雄。
翱翔飘逸舞长空，曙光辉亮彩，落日映晚红。

舞动青春阴山上，放飞自我凌风。
中华盛世万载逢，一代人隽杰，孕育校园中。

江城子·眺阴山

二〇〇五年六月三日

城，树葱葱，岭青青。
甩发烟囱，彗尾向西横。
千里阴山延巨塞，
迎季雨，阻寒风。

曙光初露霭岚空。
壑沟阴，峭崖明。
岩岫嵯峨，笑面尽朝东。
白桦黑松生岭背，
藏虎豹，翱苍鹰。

酹江月·牛玉儒

二〇〇五年八月十八日作于呼市，为纪念牛玉儒逝世一周年所填。

青山铭记，孺子牛，人道是好公仆。
荏苒光阴一岁尽，传遍口碑无数。
权为民生，情为民系，利为民所谋。
残翁弱女，缅怀恩人泪簌。

血沃千里高原，精神风范，伟业宏图筑。
笑貌音容今犹在，谁说逝者斯猝？
包头胆略，呼市身手，大地驻青足。
鞠躬尽瘁，爱民勤政干部。

诉衷情·教学生涯

二〇〇五年十二月二十六日

昂藏义气啸山沟，执教古饶州。
少年梦圆何处？三次苦追求。

才欲溢，鬓先秋，志方酬。
此生谁料，根在赤峰，叶落绥州。

诉衷情·应聘

晨游呼市见曙光，红瓦映朝阳。
凝眸学校心痒，喜闻诵华章。

求应聘，试教学，露锋芒。
二十挑一，顺利通关，又回课堂。

虞美人·苦读

二〇〇六年九月十六日作于呼市曙光学校

周查月考何时了，
优劣知多少？
夜习[1]日课人憔悴，
哪堪呕哑嘲哳摧人累。

雄心壮志应犹在，
目的不能改。
十年寒暑欲何求？
笑曰：不登峰顶不回头。

[1] 晚自习本应静悄悄，何来噪音惹人恼？提笔戏填虞美人，忙里偷闲找舒心。

蝶恋花·高中

题赠高三学生蔺雅楠，二〇〇八年五月十六日作于呼市曙光学校

最酷人生拼搏相，
三载高中，向往大学上。
披星戴月奔理想，
习文练理迎希望。

精练六科题万道，
衣带渐宽，谁解其中妙？
手指北清微忍笑，
心仪美梦争荣耀。

卜算子·书山

二〇〇九年六月十九日作于呼市

书是登山缆，勤是爬山索。
万众攀山谁顶巅？笑指你他我。

喜马拉雅云，珠穆朗玛雪。
览遍人间峰景奇，晚霞余一抹。

赠邢鑫：忆秦娥·备考

时间迫，距离高考只半月。
只半月，研究考法，准备方略。

攻关曾做万千题，而今欲向龙门跃。
龙门跃，中华传人，男儿热血。

赠段飞宇：忆秦娥·跃龙门

二〇〇八年五月二十九日

时间紧，距离高考仅一旬。
仅一旬，磨炼技巧，鼓足精神。

挥毫闯隘男儿魄，信心百倍跃龙门。
跃龙门，华夏希望，炎黄子孙。

卜算子·赠赵夏曦

二〇〇八年五月二十三日

苦读争夏曦，香粽端午到。
十载拼搏化坚冰，争取秋闱俏。

俏丽壮青春，电讯传捷报。
待到群星闪耀时，我自心中笑。

赠杨复涵：清平乐·高考在线

二〇〇八年五月三十日

光阴似箭，高考已在线。
莘莘学子齐挥汗，都想鳌头独占。

千军万马过桥，看谁更快更高。
努力超出自我，折桂应在今朝。

水调歌头·汶川大地震

二〇〇八年五月

天灾因何有？仰面问苍天。
楼塌地陷山崩，两千又八年！
十万生灵骤逝，汶北两川夷平，
余震特频繁。
天降大灾难，中国怎么办？

胡主席，温总理，痛心间；
飞临前线擘画，劫后暂求安。
十万大军入蜀，亿万爱心相伴，
火速解倒悬。
悲壮中华魄，举世大救援！

念奴娇·大兴安岭

二〇一一年十二月二十日作于呼市，略步毛泽东《雪》韵而填。

北国横亘，大兴安，总览人间春色。
跌宕绵延峰万座，造就天高地彻。
百岭消融，三江水溢，池沼肥鱼鳖。
黑山绿水，珍稀难尽评说。

丰饶美妙天然，原始森林，覆盖千秋雪。
人参貂皮鹿茸角，东北称为三绝。
虎豹熊罴，红松白桦，苇荡冲天鹤。
神奇造化，伟哉壮丽山河！

六州歌头·神九飞天

二〇一二年六月十六日十六时三十七分作于呼市

长征二号，昂首傲苍穹。
读秒时，真肃静。
扣神经，霹雳鸣。
仰望发射场，电光闪，风雷动。
绝云气，穿星月，裂长空，
火箭神功。
推力何其大？神九运行。
与天宫一号，接轨兜率宫。
壮举惊天，震苍穹。

看航天者：
刘旺酷、刘洋俏、海鹏丰。
老带少，心默契，灵犀映，尽精英。
奔月嫦娥探，巧联络，紧跟踪，
捕获拉，手操纵，对接精。
宇宙穿舱打靶，天神飞吻玉皇瞠。
使如来到此，佛祖也吃惊。
人造卫星！

西江月·神九回归

二〇一二年七月七日作于呼市

神九回归精准，太仓降落安全。
遨游宇宙十三天，攻克科研试验。
两次天宫接吻，三人大地归还。
中华国力史无前，揽月摘星神箭。

昭君怨·青冢

二〇一三年十月二十二日作于呼市

胡汉和亲适北，暗泣思乡泪水。
无语诉心声，梦频惊。

忍看春风秋雨，无法还乡团聚。
芳魂化冢青，怨长空。

阮郎归·勤

二〇一三年十一月九日作于呼市开来中学

五更灯火继黄昏，拼搏梦青云。
大学欲好怎惜身，夜半不归人。

挥青笔，入秋闱，闯关掸旧尘。
三年奋斗最销魂，成功在奋勤。

御街行·梦回故乡

二〇一三年十一月九日作于呼市

草黄合紫榛叶坠，鸡犬静，寒蝉碎。
旧墙小院草屋空，土灶风箱泥壁。
年年夜夜，梦回故乡，思幻行千里。

牵肠挂肚如痴醉，不忍挥，枕边泪。
暮年乡恋揩不去，苦辣酸甜滋味。
青山依旧，思乡日甚，梦境无规避。

千秋岁·梦中同学会

二〇一三年十一月十八日星期一作于呼市，步秦观《千秋岁》韵而填。

边疆塞外，草木皆衰退。
琼玉乱，雪花碎。
待客铺酒盏，微醉宽衣带。
梦中见，邂逅喜泪同窗对。

忆昔朝阳会，辽蒙同衿盖。
同室友，今谁在？
忍饥春梦断，叹镜青丝改。
人老矣，浮沉逝水思如海。

沉醉东风·忆林西旧居中秋赏月（双调）

林西旧居，是个园中宅，城中院，院中园。占地半亩，清渠绕阶，菜香四溢。街前枝头，百灵鸣啾；院内果蔬，尽情享用。门前牡丹，朵大如斗。每逢佳节，更添喜庆。迁呼偶忆，填词志之曰：

闹市园中平楼，花香四季鸣啾。
渠清水抱阶，土沃花不瘦。

巧雕瓜赏月中秋。
椒豆琳琅庆丰收，品不够原浆老酒。

拜星月慢·嫦娥三号待发射

二〇一三年十二月一日

大漠风停，高原雪霁，发射中心静谧。
待嫁嫦娥，正戎装矗立。
发射塔抱紧，长征三号乙箭，捆绑助推四器。
注液氢氧，低温推进剂。

神话传，万户飞天畔。
三小姐，欲赴琼林宴。
万事俱备东风，计时微觉慢。
目标仨：月球着陆软，
面巡视，深测遥控算。
跨越发展，绕落回三段。

水调歌头·嫦娥抱玉兔登月

二○○三年十二月十六日

月亮富神话，仰首看苍天。
不知人类登月，今有几多年。
三号长征乙箭，携带嫦娥玉兔，绕月赴广寒。
胜利软着陆，做客到虹湾。

两分器，互摄影，月面勘。
科学探测，形貌地质月资源。
先有美国航站，继有苏联登月，后来我领先。
跨越式发展，中华史无前！

清平乐·清明

二〇一四年四月八日

春花初露，盛意青城柳。
惹得风儿亲不够，歆享清明物候。

踏青祭祖人群，焚香酹酒销魂。
耿耿追思先烈，哀哀络绎晨昏。

雨霖铃·桃李情

二〇一四年五月二十四日送高中毕业生，填于呼市开来中学。略步柳永《雨霖铃》韵而填。

师生情切，惜相聚短，离泪初歇。
开来校内留影，强笑靥，学子别来。
暮暮朝朝三载，竟年年离却。
说谢谢！桃李成蹊，岂能只言说契阔？

感伤莫过话离别，最难堪，楚子端午节。
离鸟高枝何处？天地阔，鸿飞鱼跃。
此后流年，应是春风得意大学。
纵偶忆，旧庠花絮，却与谁人说？

敕勒歌·呼和浩特

土默川，青山下，
呼和浩特，誉远名遐。

河汤汤，路长长，
拱卫京畿守北疆。

望海潮·梦圆盛景

二〇一五年五月十二日作于呼市开来中学

东方古国，青春焕发，神州崛起中华。
丝柳袅娜，清滴润物，捐福亿万人家。
打虎拍苍蝇，猎狐追逃犯，奸蠹惊杀。
民风趋淳，官风向正，抑豪奢。

公仆渐清佳，赖“八条政策”，奸佞封杀。
“一带一路”，双赢互利，期期万国目刮。
友谊共长存，和平同发展，巧绘烟霞。
今朝梦圆盛景，足令世人夸。

念奴娇·俄罗斯卫国战争

二〇一五年五月十三日作于呼市开来中学

时空转换，评说尽，二战风云人物。
闪电突袭，苏遭遇，千里边防喋血。
战机蔽空，舰船逼岸，坦克碾冰雪。
山河蹂躏，激怒卫国豪杰。

德寇遭遇严冬，首都破围，调朱可夫来。
妙算神机，攻守异，德虏兵销国灭。
七十周年，红场大检阅，老兵白发。
宣言世界，莫忘艰难岁月。

魔方词·人

二〇一八年十一月十三日首创词格

人
精神
是灵魂
美德良心
价值重千斤
为国为家为民
鞠躬尽瘁志坚贞
胸怀博大厚敦
满腹皆经纶
福被人民
敢创新
谨遵
仁

垦荒者歌

垦荒者歌

他那深邃的目光里，
隐藏着什么？
噢，
我读懂了，
那深邃的目光里，
饱含着中国农民的，
无限生机和希望。

桃李情

——写在发奖会上

写于一九八四年

敬爱的老师，
在您宣布授奖名单时，
我们感到无限荣光。
我真切地看到了，
每位老师的脸上，
都凝聚着慈母般的深情厚谊，
饱含着爱抚与希望。
您心中的小溪，
在甜甜地流淌，
滋润着我们心中的田地，
孕育着精神的食粮。
我的心律在加快，
好似无数面小鼓在敲响。

当您郑重地拿起“三好学生证章”，
庄严地走到我面前时，

我的心潮在荡漾。
我的脸颊绯红了，
好像丹枫沐浴着霞光；
我的心血沸腾了，
恰似钱塘江上的回头浪。
您那严肃而又慈祥的目光，
亲切地落到我的脸上，
我不知是感激，是激动，还是发慌。
那晶莹的泪水再也不受控制，
一股脑冲出眼眶。
当您把“三好学生证章”挂在我胸前时，
我再也坚守不住庄严、肃穆与坚强，
感情的闸门打开了，
感情的潮水在奔流、在激荡。
我猛抬头透过晶莹的泪珠，
又看到您那深重的目光。
我不禁肃然起敬了，
这目光寄托着深情和力量，
我们每前进一步，
都凝聚着您的汗水、心血与希望。

我油然想起了，
每天清早是谁敲响晨钟，
每天晚上是谁又在查床，

每本作业花费了您多少心血，
每张试卷要耗费您多少能量。
您熬尽了多少个盛暑与炎热，
您度过了多少个隆冬与寒凉。
我们哪天不在聆听您的教诲？
您的办公室哪夜不亮着灯光？
青春在您身上悄悄逝去，
知识在我们的头脑里渐渐增长。
您是燃烧的蜡烛，
您是渡人的桥梁，
您是求知的人梯，
您是诲人不倦的榜样。
您不做红花却甘当绿叶，
无私的心灵多高尚。
如果我们是小星星，
那您就是蓝天、白云与霞光。

同学们：
请你们仔细看一看，
我胸前佩戴的证章。
那鲜艳的红色，
不正是老师的心血与希望？
那绿色不正是绿叶吗？
衬托得红色熠熠发光。

那蓝色不是蓝天吗?
衬托着心中的太阳。
白色自然是白云,
衬托着闪闪的霞光。
它代表着我们辉煌的成绩,
激励着我们快速成长;
象征着老师的心血,
浇灌百花齐开放;
蕴含着家长的期盼,
寄托着人民的希望。
请让我深深地敬个礼,
表示心中的景仰,
感谢祖国的关怀,
感谢老师的培养。

看,
门前的小树又增加了年轮,
亭亭玉立多茁壮。
它靠的是人类的栽培与呵护,
还有雨露和阳光。
我们面临升学和就业,
复习考试正繁忙,
我们靠的是老师的栽培,

还有社会关爱的雨露和阳光。

陈毅元帅说：
“人民是我亲父母，
我是斗争好儿郎。”
社会要进步，
祖国要富强，
“四化”要实现，
需要我们发愤图强。

祖国在召唤，
我们怎么办？
要学习、要进步，
要勇往直前。
我们是祖国未来的建设者，
任重而道远。
实现“四化”是我们的使命，
祖国需要就是我们的志愿。
为实现富国强民中国梦，
我们怎能不勇往直前？
学好本领时刻准备着，
把壮丽青春向伟大的祖国奉献。

敬爱的老师，

请允许我代表全体学生，
向您保证：
我们决不辜负党的关怀，
人民的希望，
祖国的养育，
老师的培养。
我们要发扬成绩，
克服缺点
刻苦攻读，
奋发向上。
困难算得了什么？
我们要自立、要图强，
要用智慧和汗水，
换来百科知识的芳香。
用科学知识武装自己，
争做祖国的栋梁。
祖国的召唤有巨大的诱惑力，
我们怎能不为国争光？
同学们，
行动起来吧！
跨世纪的路又远又长，
用我们的实际行动，
报答祖国的培养；
用我们的优异成绩，

感谢人民感谢党。

亲爱的母校，
敬爱的师长，
人道是：“桃李不言，下自成蹊。”
我说是：“滴水之恩，报以汪洋。”
雏燕欲离旧时巢，
真挚情谊永不忘。
待到桃李熟透时，
我们再回这片热土来探望，
向您汇报成绩，
同您欢聚一堂！

教师节的歌

写于一九八五年教师节

九月本无节，
可今年有了。
她不是庆祝金秋的收获，
而是为了知识的传播。
她填补了九月的空白，
她开拓了尊师的先河。
她表达了学生的心愿，
她抚平了教师生涯的坎坷。

在自己的节日里，
教师心里想什么？
我们不需要大鱼大肉，
更不想挥霍豪奢。
只凭两袖清风一担书，
争得社会认可。
甘愿把智慧和生命，
注入人类繁衍的长河。

尽管教师节是清淡的，
可教师们的心却火热。
别看没有听到锣鼓声，
却分明感受到学生的祝贺。
虽然没有唢呐声，
却听到了教师赞歌。

我们习惯了起早贪黑，
我们过惯了清淡生活。
我们最尚奉献自己，
我们最倡为民为国。
我们在草木萌发前耕耘，
我们在鲜花盛开时沉默。
只有桃李满园的消息，
才是我们希望的歌。

今日校园（组诗一）

写于一九九〇年教师节

清晨

每当晨曦初露时，钟声唤醒沉睡的校园。
朝霞映红操场，那里有运动的花环。

早读

明净的教室，琅琅的书声。
这是知识的妙曲，这是世纪的强音。

上课

聆听老师的教诲，品味知识的甘甜。
滋润幼稚的心灵，堆积科学的书山。

复习

咀嚼着白天的觅食，消化着科学的佳肴。
准备着明天的奋进，积垒着知识的天桥。

夜

夜，
静悄悄。
梦，
多美妙。
然而办公室的灯光，
几乎，
又亮了一个通宵。

校园生活（组诗二）

写于一九九六年五月

早操

晨曦，微露东方。
哈达勿苏山顶，染上金色霞光。
铃声，在校园奏响。
歌声，在晨风里飘荡。
人流，涌向操场。
队队井然有序，人人蓬勃向上。
啊！
那是运动的轨迹，闪现着青春的灵光。
那是祖国的花朵，寄托着人类的希望。

自习

一日之计在于晨，一生之计在于勤。
伴着晨风，咀嚼知识。
苦在肌肤，增益身心。

授课

老师，在黑板上播种。
知识的种子，在学生心里萌发。
春日发芽，夏天开花。
待到金秋时节，自有桃李遍天涯。

备考

月牙挂南天，
星星在眨眼。
灯火通明的教室里，
端坐着少女少男。
咀嚼知识果，酸甜苦辣。
品尝科学餐，苦辣酸甜。
准备明天考试，
奋笔挥毫闯关。

闯关

辛辛苦苦学生事，闯关夺隘莫畏难。
悬梁刺股闻鸡舞，成才寒窗度十年。

发愤篇（组诗）

写于一九九二年四月十六日早

不惑

年届不惑，教书廿年。
学晋三级，桃李三千。
教学相长，师生并肩。
为国育才，薪火相传。

读函授

人生路漫漫，真知任索求。
教不止，学不休。
读罢电大考函授，一家两代三学生。
待我七下通过后，或许有感受，
汗水未白流。

念电大

欲获真知识，须下苦功夫。
白天教学生，深夜苦读书。
三更休息早，鸡鸣晨课迟。
八千里路云和月[1]苦中有甜；
二万五千里长征[2]甜中有苦。

诗谜一则

嘴尖齿利目如星，钻箱盗柜磕天棚。
十二生肖子为首，九百年前闹东京.

[1] 作者曾每天骑自行车往返八十里路念电大，每年上课约百日，行程八千里路，日去夜返，日以继夜，风雨无阻。

[2] 念电大三年，总行程两万五千里以上。用辛苦劳累换取知识，故曰：“甜中有苦，苦中有甜。”

函授缘

为公文红艳作，写于一九九二年

我是林西的雄鹰，你是林区的白鸽。
在练翅飞翔时，产生了一个共同的感觉：
这蓝天太高，这大地太阔。
我们需要伴侣，消解这孤独的饥渴。
不知是天赐良缘，还是月老作合。
函授这条红线，一头拴住你一头系住我。
扯也扯不断，挣也挣不脱。
说是邂逅相逢，太俗！
说是一见钟情，不妥。
反正我们同窗读书，共用一个课桌。
两颗灼热的心灵，产生自然的融合。
谈的是现代语法，写的是现代文学。
表达的却是真情，记下的是难忘时刻。
可惜相见恨短，骤然分别时刻。
火车你最好晚点，还有好多话没说。

当奶奶

一九九四年十二月一日写于林西县十二吐中学

（笔名：山阳）

随着婴儿的一声啼哭，我竟然当上了奶奶。
尽管三日未休息，可我未敢丝毫倦怠。

那婴儿的一声啼哭，犹如石破天惊骇。
它告诉我不再年轻，也预示着继往开来。

好像昨天我还是青年，梦想前天我还是少儿。
窗前的春兰刚打苞，屋后的秋菊早凋败。

忽然间我大彻大悟，原来我也曾是婴孩。
只因为兰菊屡屡开败，如今我居然当了奶奶。

人生如梦也如旅，传了一代又一代。
多年的大道熬成河，多年的媳妇当奶奶。

天天日落又东升，朝朝五更见太白。
自然规律本如此，天人物我不奇怪。

《文苑》情思

一九九六年五月二十四日于林西，读我和民中老师在《文苑报》发表的文章，想去年在民中教学，深受学生欢迎。正值要出成绩的时候，却因“农村户口”而遭遣，心有感触，藏题偶成。

去年今时，民中校园。
《难忘的镜头》，怎堪重现？
《坎坷时时有》，人生路漫漫。
苦累人生多乖舛，《哪得溜冰钱》？
隔年回民中，牵线有《文苑》。
寻求《美的真谛》，再睹昔日校园。
《小草依旧青青》《蓓蕾初绽香满园》。
问候声声充耳，话题忆当年。
笔下情思中断，处境窘迫艰难。
学生殷殷期盼，同事心心相关。
诸君阶前慰问情，犹如《雪中山杜鹃》。
回避只为赧颜，更怕泪眼难堪。
愧对学子爱莫助，有负同事息息关。
然而，去年，未能在中秋，共进《夏夜的晚餐》。
却在《文苑》，涌起了滚滚的《春潮》，
结下了，《嘎斯太河的情缘》。
于心灵深处，留下了永远的思念。

乔迁别

一九九四年八月二十四日，为了子女读书方便，举家迁往林西镇北街。临别情景，感人至深，经久不能忘怀，写诗志之。

甲戌处暑后，举家欲城迁。
说城不是城，林西乃小县。
从此离乡去，北街把家安。
不图市面好，为儿把书念。
八月廿四晨，汽车停街前。
同事都相送，邻居意绵绵。
好友倚门泣，妻子泪涟涟。
天亦有情否，晴天转阴天。
夜来天竟雨，垂落千条线。
鸡鸣天不明，雨疾心不安。
亲友踏泥泞，冒雨装箱奁。
未等雨歇住，家具已装完。
笛鸣缓缓行，亲友随后边。
雨中频挥手，口中道平安。
邀尔家中去，嘱我勤回还。
雨住车渐远，衣湿泪未干。
人生有聚散，相见时难别亦难！

赋闲吟

一九九五年七月一日午夜写于林西家中

农民热恋土地，工人热恋厂矿。
牧民热爱草原，战士热爱边疆。
学生迷恋知识，教师迷恋课堂。
正如那蜜蜂迷恋鲜花，鱼儿喜欢海洋，
雄鹰喜欢蓝天，梅花喜欢风霜。
日月光辉普照大地，星星也能发出点点光。
我坚信天生我材必有用，松柏定能当栋梁。
但人生最怕错位置，空怀忠忱无用场。
怀才不遇最是难堪事，有志难伸与谁诉衷肠？

敬梓绕城终不遇，柳泉抱恨气难扬。
若无文王玄德访，渭水隆中也无光。
不信林西山和水，岂无慧眼识忠良。
一片冰心应有人知晓，愿与知己诉衷肠。
我从小喝的家乡水，小米红粮裹饥肠。
少年读书多艰苦，青年教书在山乡。
为圆未了童年梦，日教夜读作华章。
七五进修辽一师，忍泪别妻下朝阳。

八七奋发读电大，万里长征艰辛尝。
九〇函授读后本，七下通辽读华章。
一十三个寒暑假，夜以继日苦读忙。

学得真知作何用，怎样发挥一技长？
耿耿丹心献教育，孜孜不倦立课堂。
功夫不负苦心人，几度花开映朝阳。
我心自觉稍欣慰，谁知一旦起波浪。
民中借我教高三，六个班级授文章。
莘莘学子实堪怜，拳拳家长最难忘。
望子成龙父母愿，出人头地学生想。
读着他们的神情，心儿怦怦撞胸膛。
我要为学生们授业解惑，
我要为游子们撑船领航。
我要带领他们，搏击狂风巨浪；
我要护送他们，渡过知识海洋；
我要帮助他们，到达成才彼岸；
我要引导他们，见到胜利曙光。

于是我投入了，全身心地投入了课堂。
我发挥多年积累的才智，实现着无私奉献的理想。
灯下备课三万字，评改作文两千章。
日站讲台肿双足，夜讲文章常哑嗓。
攻克难题写论文，情境作文派用场。
面批面改学生喜，欢呼雀跃兴致盎。

三步计划未及半，每生习作十篇章。
写作花蕾含苞待，正需施肥浇水催花放。
如得园丁常莳弄，希望花开满园香。
待到桃李熟透时，丰收在望百果香。

可惜可叹又可恼，晴天霹雳起祸殃。
五月五日九时半，被迫无奈离讲堂。
据说是“农村教师不能把城进”，不问优劣与贤良。
不论人尽其才否，“多大牺牲也无妨”。
我的教学计划成泡影，一腔热血赴汪洋。
我上不够天难诉日，下不够地难诉黄河与长江。
希望之舟被搁浅，何时再能荡双桨？

写作教学又成撂荒地，无人播种怎能粮满仓？
学生路遇泣语塞，引袂牵手泪沾裳。
哀哀倾诉读书苦，丝丝真情痛断肠。
“本想写作有突破，中途被弃又无望。
谁知高考差几分？”哀哀声咽怕落榜。
闻言我心早揉碎，千回百转九曲肠。
爱莫能助难堪事，只怪我身隶属“乡”！

“秦王”已下“逐客令”，“郑国”安能兴“秦邦”？
不问功过与曲直，“非秦者去”是荒唐。
我辈若得李斯才，感动天听谏始皇。

但愿早废“逐客令”，不拘一格选贤良。
亲贤远佞政令清，唯才是举正气扬。
人尽其才百业旺，各得其所家国昌。
昆山之玉随和宝，明月之珠放光芒。
赋闲忍性独善身，写诗填词劝“君王”。
政通人和国之幸，勿费贤良好时光。

明天，明天，光辉灿烂（校园歌曲）

写于一九九四年

雄鹰喜欢蓝天，骏马留恋草原。
辛勤的蜜蜂啊，忙碌在美妙的花间。
汲取着蕊心的精华，摄取着萼边的露珠，
酿造着生活的甘甜，任劳任怨无私奉献。

雄鹰翱翔蓝天，骏马驰骋草原。
亲爱的同学们，茁壮成长在校园。
吸吮着智慧的乳汁，锻炼强健的体魄，
滋润美好的心田，为国为民争做贡献。

雄鹰搏击蓝天，骏马驰骋草原。
亲爱的同学们，立卜宏伟的志愿。
不负世纪的重托，响应时代的召唤。
练就过硬的本领，立足家乡放眼明天。

人人有道德，个个守纪律。
知勤奋、能进取，
立足家乡，放眼明天。
明天，明天，光辉灿烂！

垦荒者

二〇〇四年九月作于呼市曙光学校

有一位老人，
他要在公铁隔离带的垃圾沟里垦荒。

他带来了铁锹、镐头、马扎和茶缸，
还有那花白的头发和迟滞的目光。

他用枯枝似的手指，
吃力地拔掉蒿草。
抠开硬土，
拣出石头，
摆在两旁。

我诧异他为什么不用锹镐，
为什么是那么专注的目光。
他也许是在亲近泥土，
他也许是没有挥锹的力量。

他很准时，
上午，下午，
一天两趟。
无论是刮风下雨，
还是头顶一轮骄阳。

他艰难地开垦着，
却收获不大。
从早晨到晚上，
他揉碎的泥土不过三五筐。

一日过去了，
一旬过去了，
一月过去了，
一季过去了。

我惊诧地见到，
他竟然垦出了，
一片狭长的土地，
还种出了大豆、山药和洋姜。

那些稚嫩的小苗，
含着激动的泪花向我述说：

是垦荒老人为他们准备了温床。
要不然，要不然，
他们，连同他们的妈妈，
也许早就被贪吃的人类，
做成了豆腐、粉条和菜汤。

秋天，
我又路过那里。
那是一个夕阳西下的晚上，
我没有见到垦荒老人。
不知他在哪里，
也不晓他有何感想。
也许他不是为了收获，
也许是为了绿色，
也许是为了生命，
也许是为他一生的向往。

或许他什么都不为，
但，
仅凭这片充满生机的绿色，
就足以引发人们，
无际的遐想。

尽管这一小块土地，
又狭又长——
犹如垦荒老人那，
眯缝的眼睛和迟滞的目光。

他那深邃的目光里。
隐藏着什么？
噢，
我读懂了，
那深邃的目光里，
饱含着中国农民的无限生机和希望。

别了，曙光

写于二〇〇五年七月八日

去年暑假我走进曙光，
今年暑假我要离开曙光。
不是曙光没有曙色，
也非曙光缺少光芒。
我只因不愿半饥半饱地度日，
我不能白白地浪费这大好时光。
挥一挥手悄悄地离去吧，
再找一个能体现人生价值的地方。
把省下的半分工作，
留给另一位吃不饱的同行。

同学们不要说遗憾，
也不必心情惆怅。
我偶然的来是你们的幸运，
我必然的走也不必挂肚牵肠。
我只希望来一位更好的老师，
引导你们从容远航。

命运是人生的航船，
勤奋是前进的船桨。
努力吧，到达知识的彼岸，
进入大学的知识殿堂。
改变自己的命运，
实现远大的理想。
体现自身的价值，
创造人生的辉煌！

呼市京剧票友赤峰行

二〇一一年，暑假放得早。
送走毕业生，高考结束了。
忙里偷闲暇，自己把乐找。
好友七八个，千里观花草。
票友旅游团，心情无限好。

首站到克旗，温泉泡个澡。
白桦猎人树，蓝天百灵鸟。
小何托朋友，招待真周到。
达理华子鱼，小米面烙糕。
塞外茅台酒，奶茶加奶酪。
草原观石林，突兀险拔峭。
千年松柏桦，九曲盘山道。
似假又似真，阿斯哈图貌。

二站到林西，亲朋真不少。
张老清真宴，湛江请夜宵。

浓浓乡土情，促膝把磕唠。
林西爱京剧，戏迷真不少。
广场唱国粹，观众齐叫好。

三站到赤峰，以戏把友交。
七天唱九场，潇洒又自豪。
身累心舒畅，人老兴致高。
郑岐设家宴，秀英亲掌勺。
燕京鲜啤酒，开瓶一声炮。
早点品对夹，中午尝水饺。
起得比鸡早，吃得比猪饱。
过把京剧瘾，寻着琴音跑。
拉起四平调，唱着冰海岛。

以戏来会友，连日好心情。
热情白春会，慷慨崔晓青。
票友大集会，梨园聚精英。
看人才济济，听绕梁声声。
交知心好友，唱盛世和鸣。
结伴游赤峰，不虚千里行！

赠赵旭

虚心求教志远长，苦心孤诣做文章。
少年练就春秋笔，当做国家一栋梁。

赠闫婧

无忧无虑一闫婧，不做超人做才人。
会当高考成功日，做客亲朋笑靥迎。

赠沈少华

家境贫穷志气多，潜心立志进鸿德。
父亲坐数零钱币，缴费艰辛知为何？
箪食壶浆安困窘，闻鸡起舞复山河。
欲担大任甘吃苦，忍性动心为家国。

赠蔡梦莹、王俊霞

伴着奥运的律动，
进入秋闱的考场。
调动十年的积淀，
希冀发挥超常。
攻克知识的难关，
登上大学的殿堂。
为民族争气，
替祖国争光。

赠李瑞龙

失败和错误，
使人变得聪明。
挫折和教训，
使人变得坚强。
艰苦与磨炼，
使人变得成熟。
谦虚和谨慎，
使人变得深沉。

赠贺格日勒

坚韧不拔的意志，
加上持之以恒的毅力，
就等于成功。
希望你能以平和的心态，
参加高考。
以优异的成绩，
考上大学。

地震灾难

天塌地陷，地震灾难。
屋倒房坍，活命艰难。
黄金时间，抢危救难。
命悬一线，治疗困难。
搜寻幸存，冒险克难。
频繁余震，风雨维难。
军民同心，抗震解难。
雪中送炭，八方支援。
万众一心，战胜困难。
人定胜天，救苦救难。

难易歌

人生不容易，阻路有困难。
十月怀胎易，一朝分娩难。
生长成人易，出人头地难。
入学读书易，上好学校难。
参加高考易，考好大学难。
念完大学易，找好工作难。
娶妻生子易，养家糊口难。
花钱消费易，挣钱买房难。
找份工作易，干好工作难。
正常上班易，升职提资难。
当官挣钱易，防腐拒贿难。
渎职犯罪易，服刑改造难。
做人不容易，做好人更难。
要求易中易，考虑难上难。
要想难化易，先克易中难。
进退知难易，辨证对易难。

最后的蒸汽机车

写于二〇一八年十二月

公元十九世纪末，集通铁路通火车。
横穿内蒙大草原，联通北疆便利多。
东起通辽西站西，西至贲红连呼和。
地方铁路第一条，车行千里惠北国。

最是天下第一景，使用最后蒸汽车。
瓦特发明蒸汽机，工业革命两纪多。
蒸汽机车全退役，内蒙智者筹帷幄。
铁路试运循序进，大胆启用蒸汽车。
燃煤烧水产蒸汽，推动机器发动车。

缺者为贵成罕景，吸引世界观光客。
不远万里来猎奇，顶风冒雪争拍摄。
克什克腾路最险，崇山峻岭势巍峨。
上行逶迤攀高路，下行曲折降陡坡。
跨川过河桥连洞，回环往复路盘陀。

欲爬陡坡须加力，添煤助火双机车。
俯视过山蛇钻洞，仰望出洞蟒离穴。
汽笛双鸣震空谷，白虹两道向天歌。
谷底上行山腰返，岭上盘旋叠三折。
斗折蛇行转迷宫，光怪陆离观山色。

三看热水神汤景，四顾经棚字山河。
黄冈群峰点头笑，西拉木沦唱赞歌。
嫦娥月中凝眸视，猎人树下笑呵呵。
蒸汽机车呈绝景，美好收官留史册。

世上无有不散席，时髦终归成过客。
中国铁路大发展，更新换代世纪末。
蒸汽机车全退役，披红戴花供览博。
视为珍宝成馆藏，光荣退役留中国。

旧车已去新车启，辉煌史料留一抹。
横贯草原跨山河，驰骋边疆穿沙漠。
客运一日行千里，货运万吨组重车。
急流勇退蒸汽机，铁路史上功不没。

华廊柱对联

华廊柱对联（二十联）

教育楹联

十二吐十二村集一乡子弟群英荟萃
八〇年九〇岁展十载宏图业绩辉煌

辞旧岁欢欢喜喜笑看千枝结硕果
迎新春乐乐呵呵欣观万树绽奇葩

一根教棍披星戴月谆谆教化催桃李
两米讲台尽日穷年耿耿痴情报国家

冰寒冷绿冬青树
冻雪霜红志士心

红墙内藏龙卧虎人才地
陋室中据典引经知识源

一颗赤胆两鬓白霜三尺讲台教四海孺子五洲热土育桃李
六岁黄髫七龄齿龀八方读书拜九州名师十载寒窗成栋梁
横批：百年大计

套马杆长红高粱红黑加仑黑行宫玉液行万里
穹庐顶小绿草地绿甜井水甜美酒琼浆美千家

九九春联

虎岁腾蛟浪底三峡惊神女
兔春折桂青天碧水济世民

回归香港鞭敲金镫辞寅岁
收复澳门共唱凯歌贺卯年

金融风暴难撼人民币坚挺
开放改革振兴共和国繁荣

前年香港归今年澳门复洗雪华夏百年耻辱
今日旧元去明日新纪来殷期台湾早日回归

五千年华夏文明渊远流长幸赖知识传真谛
数十载序庠教化鞠躬尽瘁唯依信仰慰丹心

言传身教有懿德方能教也
笔耘舌耕无心智岂可耕焉

学无厌方知诗词妙字在于炼
写不停才晓曲赋精华来自真

夏日落绿纱窗下批作业日落志不落
秋水深青石岸边送学生水深情更深

教理化摘星换月
授文章论道明经

辞辰龙九九雪银装大地丰年瑞
迎巳蛇伏伏浇碧洗蓝天好景端

两袖清风心自富
一支粉笔不忧贫

无声润物三春雨
有志教学几代功

修桥补路未圆梦
解惑教书不了情

晨霜暮露拾秋叶

——《秋叶集》后记

我的诗词选集《秋叶集》历经磨难，终于出版了。这本书的出版，实现了我的一个心愿，圆了我今生的一个文学梦。

为什么说历经磨难呢？其实《秋叶集》的最早手稿结集于1993年我在赤峰市林西县十二吐中学工作期间。1997年，我到林西县教研室工作，《秋叶集》一直放在我的办公室的卷橱里。2006年，我在呼和浩特时，林西县教研室换楼搬家，据说把我的所有文件装在一个麻袋里无人收管，之后新单位入住就当废纸给卖了，其中就包括我的《秋叶集》手稿。这部手稿包括了我2006年以前创作的古体诗、格律词、现代诗、小说、散文、论文、对联和杂文等内容。原创手稿和发表刊载的裁剪文页都装订在一起，这一下全部化为乌有。哀哉，痛哉，悲哉，伤哉！这是《秋叶集》遭遇的第一次劫难。

痛失手稿后，我千方百计搜索、查寻、回忆、复写，勉强恢复了手稿内容的三分之一。又经过了8年的创作与积累，2014年，我又积累到了200多首诗歌，准备重新结集，继续使用原名《秋叶集》。为了这次结集，我64岁硬是学会了用电脑打字和简单的排版。定稿时的复杂排版程序我掌握不了，只好请人帮忙。可谁能想到就在大功即将告成之时，电脑突然中毒，瞬间所有稿件全部丢失！在那一刻，我几乎傻了，大半生心血付诸东流，怎能不痛心疾首！我忧郁成疾，大病了一场。这是《秋叶集》遭遇的第二次劫难。

2014年之后，我痛定思痛，逐渐在逆境中重新崛起，搜索零星遗存的手稿，努力回忆，恢复了《秋叶集》原稿一半的内容，并积极创作新的诗词。到了2018年，再次积累到了300多首。于是我又开始了第三次结集。这次结集，我是小心翼翼，如履薄冰，步步为营，次次保存，唯恐再次有失。

就在我准备出书，却苦无门路的时候，我的贵人出现了，她了解我的情况后，大力支持并帮助我出版《秋叶集》。她请呼和浩特市文联的领导帮忙。文联的领导很热心，缪娜副主席立刻请人帮忙审稿，并找到远方出版社联系出版事宜。她成人之美、不遗余力的好作风着实令人感动。在《秋叶集》付梓之际，在古典诗词方面造诣深厚的王发宾老师给予我热心指导，在文学界德高望重的尚静波老师不顾疲劳为我撰写序言，内蒙古师范大学的李金玺教授挥毫为我题写书名，王果桃给我精心设计封面，我在此一并表示衷心感谢。我还要特别感谢内蒙古自治区暨呼和浩特市道德模范、内蒙古昕海铭悦运输有限公司董事长杨岭先生，他爱心义举，在我出版《秋叶集》时给予鼎力相助。他热爱文学的高雅情趣、爱才之仁心、成人之美德，令人感动。

《秋叶集》从体裁上分，包括古体诗166首，格律词120首，现代诗34首，共计320首；从内容上分，有交友诗、生活诗、社会诗、田园诗、山水诗、记游诗、咏物诗、咏怀诗、讽咏诗、缅怀诗、观感诗、教学诗、杂咏诗等；从字数上看，有二十来字的绝句、小令，几十字的律诗、中调词，也有100多字的长调词，还有125行的自由长诗。

从诗歌创作追求方面，我向杜甫学习，力求真实反映家庭、社会、人生、自然、政治以及国际关系变化等；在写作特点方面，我努力向毛主席和白居易学习，坚持追求古典诗词古为今用，自我要求诗词创作既要符合诗词格律，又要通俗易懂；在创作的历史意义方面向陶渊明学习，想让今天的诗词，成为500年后的史诗，希望能为人类的社会发展史留下一抹痕迹。我初心已定，目标明确，尽心创作，用意已然。作品有无价值，自由历史考验，敬请名家指点，希冀后人评说。

诗歌是文学中的文学，鄙人才疏学浅，诗道不精，只因喜欢诗词，乐此不疲，才结此《秋叶集》娱己娱人。并作《自题〈秋叶集〉》一首，略表心志：

花甲痴心莫力翁，诗词付梓赖青城。
晨霜暮露拾秋叶，日累年积寄律行。
世纪风云随笔录，人生阅历伴豪情。
村言俚语非骚体，聚腋成裘乐采征。

我把这本《秋叶集》当作历史窗口上的一个针孔，透过这个针孔，能够以小见大，窥见社会发展的脉动；我把《秋叶集》看作珠穆朗玛峰上的一串脚印，以此证明，登上珠峰的艰辛；我把《秋叶集》比作汪洋大海中的一叶扁舟，它乘风破浪，见证人类发展的千难万险。其实，《秋叶集》就是一本诗集，只不过记录了平民生活中的苦辣酸甜。

王岱晨

2018年8月记于呼和浩特